BUSCANDO
EL PUNTO GREY

BUSCANDO EL PUNTO GREY

*Lo que las mujeres no se atreven a contar
y a los hombres les gustaría saber*

Idoia Bilbao

Obra editada en colaboración con Ediciones Planeta Madrid, S.A. – España

© 2013, Idoia Bilbao
© 2013, Ediciones Planeta Madrid, S.A. – Madrid, España

Derechos reservados

© 2013, Editorial Planeta Mexicana, S.A. de C.V.
Bajo el sello editorial DIANA M.R.
Avenida Presidente Masarik 111, 2o. piso
Colonia Chapultepec Morales
C.P. 11570, México, D. F.
www.editorialplaneta.com.mx

Primera edición impresa en España: junio de 2013
ISBN: 978-84-9998-306-6

Primera edición impresa en México: marzo de 2014
ISBN: 978-607-07-2048-2

Impreso en los talleres de Litográfica Ingramex, S.A. de C.V.
Centeno núm. 162-1, colonia Granjas Esmeralda, México, D.F.
Impreso en México – *Printed in Mexico*

ÍNDICE

SEGUNDA PARTE
EXCITACIÓN Y FANTASÍAS

TERCERA PARTE
EL CLÍMAX

*En memoria de una de las mujeres
más libres y avanzadas a su época.
Amama, siempre te llevaré en mi corazón.*

LA BÚSQUEDA

Actualmente, la mayoría de las mujeres hacen uso de su plena libertad para hablar abiertamente de sexo y tratar sin complejos su propio deseo. Pero sigue existiendo un sector de la población femenina, más numeroso de lo que imaginamos, que permanece dormido en el ámbito de lo sexual. Estas mujeres, muy lejos de tratar su erotismo con naturalidad, aún arrastran tabúes que hacen de algo tan inherente al ser humano un elemento casi prohibido. «El sexo es algo que existe, pero no en mí.»

Tras esta especie de ola de erotismo suscitada por el éxito de libros como *50 sombras de Grey*, la percepción del sexo para muchas de ellas ha cambiado. Ahora sí son capaces de hablar del deseo sin miedos, de verbalizar sus fantasías, sus pensamientos más íntimos. Ahora, su «secreto» es compartido de forma espontánea por otras muchas mujeres en cualquier lugar del mundo mientras leen un libro casi pornográfico sin necesidad de ocultar el título forrándolo con un papel de bugambilias. Al margen de las valoraciones estéticas y los clichés, este *movimiento* podría haber abierto un mundo nuevo. No solo eso, en muchos casos habría redescubierto una vida sexual enterrada en lo más profundo de algunos matrimonios, logrando que se disipen los miedos, que se atrevan a hablar en una reunión de amigas de aquello que era clandestino en sus vidas. EL SEXO. Por fin, ha despertado ese deseo disimulado y en muchos casos amordazado por el pudor. Cada una de esas mujeres atesoraba múltiples motivos para esconder sus pasiones: educación, complejos físicos o intelectuales, lastres religiosos... Lo cierto es que aquellos temas relacionados con la carne solo se trataban en forma de chiste colorado. Pero se ha producido un cambio, como si este segmento de la sociedad femenina necesitara «liberarse» y estuviera esperando una buena excusa para reaccionar. Una necesidad latente que por fin ha florecido. Por fortuna, la mayoría de las mujeres ya hemos superado esos obstáculos y el sexo forma parte de nuestro medio, ahora toca aplaudir a las que se habían quedado rezagadas y que, gracias a un efecto inesperado, han «abierto su clóset» para emerger.

Este cambio plantea infinidad de interrogantes. ¿Dónde se encuentra la clave de esta supuesta nueva corriente liberadora? ¿Cuál ha sido el resorte que ha conseguido que mujeres de cualquier edad y condición reaccionen ante su deseo más escondido? En la actualidad, esa cortina de humo que escondía los pensamientos más tórridos se esfuma de manera sorprendente y deja que asomen.

Gracias a los relatos de mujeres anónimas, a la colaboración de la sexóloga Arantza Álvarez Mateos y a su gabinete de sexología y pareja, a la inagotable fuente de testimonios que supone Internet y a las experiencias recibidas en mi blog *www.mujeres-reales.blogspot.com*, hemos logrado una amplia recopilación de fantasías femeninas en las que algunas mujeres desvelan sus íntimos deseos y nos permiten ahondar en la búsqueda de una vida sexual más plena.

La proliferación de revistas con espacios para la sexología femenina y las webs que de forma didáctica tratan libremente el sexo han ayudado a muchas mujeres a despojarse de los prejuicios y, casi siempre desde el anonimato, a relatar sus fantasías. Gracias a este medio, podemos encontrarnos con páginas en las que cualquier tema relacionado con el erotismo es tratado de forma espontánea: consultorios, foros de opinión, información sexológica, recomendaciones... Internet se ha convertido en ese contenedor de historias en el que muchas mujeres dan rienda suelta a su sexualidad y buscan ayuda, conocimiento e información sin miedo a ser juzgadas. En ese fascinante mundo nos hemos sumergido, pero también lo hemos hecho en el de las mujeres que relatan sus historias (y las de otras) con la libertad que ofrece el anonimato.

Y es que las fantasías sexuales han sido un patrimonio casi exclusivamente masculino hasta hace pocos años. Si en 1960 un estudio afirmaba que los hombres eran más proclives a la imaginación, tras un nuevo e interesante test, Antonio Zadra, del Departamento de Psicología de la Universidad de Montreal (Canadá), revelaría que hombres y mujeres tenían los mismos sueños eróticos, pero con diferentes contenidos. En efecto, aunque Freud las definiera como «representaciones no destinadas a ejecutarse», la fantasía es una poderosa arma para conseguir la respuesta sexual y paulatinamente se hace visible en el mundo femenino, incluso llevándose a la práctica.

Con todo, *Buscando el punto Grey* no pretende ser un manual de sexología: es, desde la narración novelada de testimonios de decenas de mujeres, la aproximación al renacimiento de esa sexualidad oculta, que podría haber ganado la partida a muchos prejuicios.

Con naturalidad, humor e ironía, recorremos el desconocido mundo del deseo femenino, de aquello que las mujeres no se atreven a contar y que a los hombres les gustaría saber... Comienza la búsqueda del *punto Grey.*

Primera parte

PREPARACIÓN

Muchas mujeres han enterrado sus tabúes y están preparadas para abordar su propia sexualidad. Pero hay un gran número de ellas para las que es necesario pasar por unas «fases previas» antes de abordar el sexo en toda su extensión. Necesitan encontrar el deseo porque, sin él, no existe una respuesta sexual: se podría denominar como la «preparación» del camino hacia el clímax. Para ellas, no suele valer el «aquí y ahora» excepto en algunas de sus fantasías.

Pero ¿sabemos realmente qué hombre es capaz de detonar el deseo en cada una de nosotras? ¿Qué es lo que realmente precisamos? El placer es una búsqueda, incluso para aquellas mujeres cuyo deseo se presenta fácilmente. Antes de comenzar, es necesario indagar en nosotras mismas, conocer qué es lo que nos estimula, aquello que provoca nuestra libido. Bien es cierto que hay mujeres que no sienten ningún tipo de atracción por el sexo, y que han preferido no rastrear en él, conformándose con una sexualidad mecánica que responde a pautas sociales: «Es mi pareja y he de hacerlo». Muchas de estas faltas de deseo se deben a bloqueos, tabúes, miedos, complejos y prejuicios que tiene la mujer, y que ella misma debe resolver para poder compartir una sexualidad plena con su compañero. Desde luego, no caeremos en el estereotipo de «mujer insatisfecha, hombre inexperto». Si estamos hablando de un tipo de mujer a la que le cuesta expresar su deseo sexual o explorar su sexualidad, podríamos decir que esta dificultad se debe más a sus bloqueos internos que a las facultades o características de su pareja sexual. Contra esos bloqueos hemos de luchar para poder tener una vida sexual satisfactoria.

Una vez eliminados estos lastres y hallado el objetivo, es cuando muchas mujeres se encuentran con una serie de fases que les resulta necesario seguir. Eso no es algo negativo, forma parte de su sexualidad y como tal habrá que contemplarlo; hemos de recordar que no todas las mujeres somos iguales. ¿Qué «preparación» necesitan entonces estas féminas?

A la hora de buscar el placer, existen una serie de factores importantes para la estimulación. De hecho, el éxito de la novela *50 sombras de Grey* no se sostiene únicamente por sus escenas eróticas. Las mujeres que han caído rendidas ante esta historia saldrían corriendo si un señor del que no tienen referencias las lleva a su casa, les muestra un cuarto lleno de aparatos de tortura y después se pone a tocar el piano en medio de la oscuridad. Pero Grey sí tiene referencias: es culto, atractivo y multimillonario. Y, por supuesto, atormentado. Evidentemente, él es más que una sucesión de situaciones sexuales con más o menos látex. Existe una historia sugerente, un perfil de hombre que engancha a ciertas mujeres. Eso es lo que llamaremos «preparación» y que pasamos a analizar.

I

HOMBRES PERFECTOS

En la mayoría de las novelas que han provocado esta explosión masiva del deseo, hay denominadores comunes y, generalmente, el poder del hombre es un factor fundamental. Y cuando hablamos de poder no solo hay que referirse a un hombre rico e influyente; hablamos de todos los tipos de «poder» que pueden atraer de un señor. Si analizamos el personaje de Grey, no cabe la menor duda de que ser rico y poderoso es un valor importante. Para la mayoría de las mujeres consultadas, si Grey trabajara como guardia jurado en El Corte Inglés, quizá perdiera parte de su atractivo. Fantaseamos con lo que no tenemos, con aquello a lo que aspiramos. Socialmente se da mucho valor al dinero, el poder económico tiene un gran atractivo. Todo el mundo desea tener una situación desahogada en este terreno, sin preocupaciones, y disfrutar de los placeres de la vida…, y en nuestra sociedad eso se relaciona con el dinero, algo que Grey posee.

De la misma forma que su carácter atormentado, también le rodea un halo de seducción irresistible. Nadie se imagina a este personaje contando chistes el día de Año Nuevo ni gritando «Hala Madrid» con una bufanda atada a la cabeza. Christian es un hombre misterioso y seductor, pero también poderoso, factores claves para hechizar a algunas mujeres.

Existen más tipos de hombres «perfectos» que poseen ese «poder», del mismo modo que esa perfección varía con la edad. El atractivo que seduce a una mujer de veinte años no es el mismo que el que lo hace con una de cincuenta: el tiempo es un poderoso factor para modificar los comportamientos, y también las atracciones. Además, cada una de nosotras alberga en su interior un ideal de perfección diferente. Nada tiene que ver el atractivo que Frida Kahlo encontró en Diego Rivera con el que pudo hallar María Callas en Onassis o, retrocediendo al siglo XVIII, el que Josefina Beauharnais pudo ver en Napoleón Bonaparte. Las atracciones son tan amplias como perfiles de hombres y mujeres hay en el mundo. El castigador, el ser angustiado, el hombre culto, el que tiene un físico extraordinario, el artista... Estos perfiles y muchos más son los que atrapan a la mujer y ponen en marcha la maquinaria de su erótica. Comienza la «preparación»...

EL AUSENTE

La historia de Andrea muestra un claro ejemplo de «poder» que nada tiene que ver con los altos ejecutivos y las mansiones en Gstaad. Para cada fémina, el hombre perfecto es diferente. Y es que las pasiones y los atractivos se dibujan con formas infinitas.

Andrea. Veintitrés años. Estudiante de Bellas Artes
Tengo veintitrés años y llevo enganchada sexualmente a un hombre desde hace bastante tiempo, el suficiente para preocuparme. Y cuando digo «enganchada» me refiero a que solo tiene que chasquear los dedos para que me presente en su depa dispuesta a ser penetrada. Generalmente, tras el encuentro, exige que me vaya y

tarda semanas en volver a llamar. Si lo hace. Por lo general soy yo la que le busca desesperadamente.

La primera vez que nos encontramos fue en una fiesta de la Facultad de Bellas Artes. Él llegó con una compañera a la que se estaba tirando y que ese mismo día dejó tirada por mí. Pero esa noche no tuvimos sexo, él estaba bastante borracho. Solo me llevó a su taller y me enseñó algunas escenografías que estaba preparando para una obra de teatro. Habló de los años que había pasado en Estocolmo y de la vida allí. Me mostró sus extravagantes discos de música experimental y me sacó fotos medio desnuda, como si yo fuera su musa. Y, de pronto, me pidió que me fuera, que quería estar solo.

Por supuesto, el que Pablo hubiera dejado abandonada a mi compañera en medio de la fiesta y se fuera conmigo levantó toda una serie de comentarios que, muy al contrario de alejarme, me atrajeron más a ese hombre descorazonado y extraño. Que si era un cabrón que usaba a las chicas; que si abandonó en Suecia a mujer y dos hijos; que si era bisexual y putero… Toda leyenda era poca para alimentar mi deseo por él. Y comencé a buscarle.

Le envié mensajes que jamás contestó con la excusa de un trabajo para clase, e incluso le telefoneé al celular en un par de ocasiones sin obtener respuesta. Al final, me presenté en su taller.

Apenas llegué me ordenó que me quitara la ropa y me tumbara en el sofá. Yo me quedé atónita.

—Era lo que querías, ¿no?

Le obedecí. Entonces empezamos a coger y estuvimos sin salir de aquel cuartucho durante dos días. Sí, era lo que yo quería. Su experiencia en la cama me atrapó, me manejaba como si yo apenas pesara cien gramos… Me hizo literalmente suya.

No sabría decir qué es lo que me atrapa de Pablo. Su seguridad a la hora de conseguir lo que se propone, imagino. Su morbosa leyenda, su forma de coger, el no saber absolutamente nada de él…

Lo desconozco, pero siempre tiene lo que quiere en el momento que lo desea, y, cuando me desea a mí, me siento afortunada y pierdo toda coherencia. Siempre estoy dispuesta. Aunque sé que esta relación no va a ningún sitio, no puedo evitar esta espera sin fin.

El poder que Pablo ejerce sobre Andrea es incontrolable... ¿Qué es lo que origina realmente esta dependencia sexual? La ausencia de él en la relación podría ser un elemento esencial, algo paradójico y que se da con mucha frecuencia. ¿Por qué existen mujeres adictas a este tipo de relaciones?... Andrea dice que no sabe «absolutamente nada de él». Esto, si para muchas de nosotras resulta inquietante, para otras es un atrayente misterio que colma su naturaleza curiosa. Ir poco a poco atando cabos, despejando incógnitas, montando el rompecabezas de su vida...

Esta ardua labor de exploración es para estas mujeres una meta que conseguir y que mantiene encendido su deseo; es justo el *punto* que buscan. Generalmente basta con unos meses de convivencia para que esa búsqueda acabe dentro de un camión de mudanza con el señor dentro. Una vez hallado el ausente y desvelado el misterio, pierde interés, y más si descubres que antes de dormir se aplica siete cremas hidratantes distintas.

EL ATORMENTADO

Otro tipo de hombre perfecto para algunas es el individuo atormentado, todo un clásico. Este perfil se puede encontrar en cualquier estrato social, desde el endodoncista de tu hijo hasta el que te sella el recibo, pasando por el multimillonario que enseña su colección de *poodles* gigantes en las revistas. En este perfil no hay distinción de clase ni condición y su carácter tortuoso resulta un verdadero entretenimiento para muchas féminas. ¿De dónde nace esa desazón vital de estos hombres tan desgraciados? En la empresa de averiguarlo nace el apasionamiento.

El cine y la literatura son importantes potenciadores del mito, esa idea de amor romántico que todo lo puede, que todo lo supera, dificultades que hacen más sólida la relación. Desgraciadamente es algo que durante mucho tiempo se ha inculcado a las mujeres como ideal de relación: sacrificarnos por un hombre incluso a costa del bienestar. El amor parece que es más pleno si vence dificultades. Un típico argumento de toda comedia romántica...

Karen. Treinta y siete años. Ama de casa

Hasta encontrar a mi marido, la relación con Josu fue la más larga que había tenido. Durante seis años, soporté sus rarezas y extravagancias. En ocasiones, hasta sus malos modos. Pero no me importaba.

Nos conocimos y un mes y medio después nos fuimos a vivir juntos. Yo sabía que no era un hombre fácil y que sería complicado que accediera a mi sueño de casarnos y ser padres, pero no me molestaba. Estaba convencida de que, con el tiempo y mi abnegación, conseguiría que cambiara de parecer. Mi entrega era total.

No me importaba llevar a cabo sus fantasías sexuales (le volvían loco los travestis), ni su frialdad para conmigo. Detrás de ese muro, se escondía un pasado difícil que solo yo conocía y que explicaba su carácter complicado.

Josu, proveniente de una familia adinerada, se había educado en colegios de Europa y Estados Unidos. Si ese hecho le reportó grandes conocimientos y un inmejorable estatus en su profesión, en lo personal devino en un gran vacío y una absoluta incapacidad para la entrega. Se bastaba por sí solo y así me lo hacía saber, sin temor a herirme. Miles de veces le pregunté por qué estaba conmigo y miles de veces me respondió que no lo sabía.

Y eso era lo que me mantenía ligada a él. Yo estaba plenamente convencida de que, gracias a mí, superaría los miedos a esa entrega y el fantasma de sus noches en soledad. En este convencimiento radicaba el pilar de mi deseo.

Su cada vez más frecuente rechazo era secundario, y accedí a todas sus proposiciones: tríos con travestis, con prostitutas, con lesbianas. Yo me entregaba a sus deseos convencida de que era su forma de huir del dolor. En una ocasión, una de aquellas exuberantes mujeres con pene me dijo al salir de la habitación del hotel: «No lo salvarás». Tenía razón. Poco a poco fui despertando y comprendiendo que no podía salvarlo de nada y que era yo la que me estaba hundiendo con él. Yo no quería aquello. No deseaba abrir la puerta cada sábado a una nueva y desconcertante aventura sexual. Yo era de esas que solo quieren casarse y ser madres. Tan simple como tener una familia.

No sé de qué forma, pero pude salir de aquella oscura relación a pesar de la insistencia de Josu por volver. Quizá me necesitaba más que yo a él, pero el precio de su tormento era demasiado alto…

En este ejemplo, la protagonista tiene muy claros sus objetivos: casarse y tener hijos. Independientemente de los juegos sexuales que luego compartieran como pareja, parece poco probable que este sueño se fuera a hacer realidad junto al tal Josu, más que nada por el trajín de travestis en la casa los fines de semana. Pero ella estaba casi segura de que podría rescatarle del tormento. Ese era su «hombre perfecto» y el poder estaba en el arrastre de una angustiosa vida o hechos pasados que le obligaban a ser así y que cegaban a nuestra protagonista. Según el relato de Karen, él no mintió nunca. Es ella misma la que toma la decisión de estar a su lado, aun sin compartir el mismo deseo. ¿Por qué? Digamos que este perfil pertenecería al de «la mujer salvadora», que posteriormente trataremos y que se da con demasiada asiduidad. Este tipo de poder atormentado resulta infalible para captar el deseo de dicho grupo de mujeres.

EL INTELIGENTE EMOCIONAL

Los hombres cultos e incluso los que manejan la inteligencia emocional con maestría también son grandes «poderosos» para algunas féminas. Con el término *culto* no solo me refiero al profesor de literatura con cociente intelectual de 225; hay un amplio abanico de culturas e inteligencias diferentes por las que podemos navegar: desde el filósofo, hasta el que domina el manejo de las artes escénicas o tiene un don especial para la seducción. La inteligencia emocional es algo que muchos hombres usan para conseguir objetivos y no solo a la hora de cerrar un negocio... No olvidemos que los humoristas, por ejemplo, son unos grandes seductores que utilizan su particular inteligencia (el humor) para cautivar...

Isabel. Cuarenta y dos años. Bailarina
Hará unos quince años que me sucedió. Ahora soy profesora de yoga, pero por aquel tiempo estudiaba danza en Inglaterra. Para ganarme unas libras me presenté al *casting* de un programa de humor y, sorprendentemente, me contrataron para formar parte del elenco de bailarinas. Allí lo conocí a él. En realidad, era uno de los figurantes del programa, pero su amistad con el presentador lo hacía muy popular en el equipo. Mis compañeras estaban embelesadas con él, y él, encantado de ser el centro de atención de aquellas bellas mujeres. A pesar de ser un tipo muy poco agraciado físicamente, confieso que me cautivó su buen humor y, con el tiempo, comenzamos una relación.

No puedo decir que el sexo entre nosotros fuera para nombrarlo

Mister Palo y tampoco era el hombre más dotado que había conocido, pero en realidad causaba en mí un efecto sorprendente: me hacía reír sin parar. Si no se le levantaba, soltaba la frase más ingeniosa; si se venía muy pronto, inventaba el mejor chiste; y si yo llevaba tres meses sin llegar al orgasmo, me dedicaba un monólogo. De verdad conseguía que me olvidara de nuestra nefasta vida sexual y pusiera siempre una sonrisa. Además, gracias a él, mejoré una barbaridad a la hora de darme placer a mí misma descubriendo mil formas nuevas de masturbarme. Sí, me enamoré de él y todo fue maravillosamente divertido. Hasta que llegó Linda.

Linda era una mujer espectacular, tal vez la bailarina más guapa que había pasado por aquel programa. Los hombres del equipo enseguida pusieron sus motores en marcha. Mi novio incluido. Ya sus chistes conmigo eran menos frecuentes, y el sexo… Resultaba más gratificante poner una lavadora de ropa de color que echar un palo… En menos de dos semanas, mi adorado y gracioso novio estaba saliendo con la escultural Linda y sus risas se escuchaban hasta en Polonia.

Más tarde me enteré de que mi ya expareja llevaba contando chistes a las bailarinas desde que firmó su primer contrato laboral. Yo era, aproximadamente, la número doce mil de su larga lista de *affaires*.

Tras un tiempo, superé la ruptura y hoy salgo con un valuador de propiedades que es la bomba en la cama. Y ahora sí que me parto de risa, sobre todo pensando en la pobre bailarina que esté saliendo con aquel humorista de siete centímetros.

Como queda claro en esta ocasión, el poder que ostenta este individuo es el humor, algo que parece haber heredado Isabel de aquella relación. Con su arte singular, este tipo de hombre perfecto logra cautivar a esas jóvenes que ven en él a alguien en quien confiar, alguien que no genera «peligro», aunque es evidente que, al final, una u otra cae en las garras de su «don» especial. El análisis de este señor en concreto creo que es más complejo, pero por las características del individuo resulta evidente que se trata de un posible complejo de inferioridad: él quiere demostrar (y demostrarse) que, a pesar de su físico y sus deficiencias sexuales, es capaz de lograr su premio: una mujer muy bella, a ser posible la más bella de su entorno. Para él, esta es una espiral que no cesa, así que, una vez logra el objetivo, se marca otro de más dificultad.

EL GUAPO

Este perfil es el que menos «preparación» necesita para la mujer, ya que lo que comienza a activar su instinto es la belleza que ve en el otro. Esto no quiere decir que la mujer que se siente atraída por el físico de un individuo se lance en plancha sobre él empujada por un instinto desaforado, pero sí es cierto que este tipo de hombre perfecto no precisa de demasiada parafernalia para seducir. Luego desarrollaremos de manera más exhaustiva el modelo de mujer que no necesita preliminares tan sofisticados como en otros casos.

Y, por descontado, la belleza es algo muy subjetivo: hay mujeres que sienten deseo incontrolado por un joven de cuerpo musculoso con camiseta de rejilla y otras que se excitan con el atractivo hombre de sesenta y tres años con el que viajan en el metro. Cuestión de gustos.

Maider. Treinta y cuatro años. Profesora de euskera
Yo sería incapaz de enredarme con un hombre feo. Lo intenté en una ocasión, con un chico del instituto que me caía super bien, pero fue imposible, en cuanto me metió la lengua en la boca salí

del coche dando un portazo. Solo me ponen los tipos buenos. Nada de señores atractivos, ni eso de que hay que conocer a la persona y tonteras por el estilo. No. Si no me entra por el ojillo al primer golpe de vista, no existe. Me gustan los tipos buenos, con su cuerpo depilado y sus abdominales marcados y sus tríceps y sus cosas. Lo que se dice *un bombón.* Y que de cara sea guapo; odio los gambas, no aguanto ver unos glúteos maravillosos, que el colega se dé la vuelta y tenga cara de guardaespaldas de *El Padrino,* que de esos hay muchos. A mí me gustan los tipos macizos y se acabó.

Como mi entrenador de surf, que me pone loca. Es un alucine. Cuando le vi aparecer el primer día con la tabla bajo el brazo casi llego al orgasmo. Un australiano alto, de ojos azules, con ese pelo rubio largo y medio rizado que no sé cómo coño se hacen los surfistas y un cuerpo con tantos músculos que yo creo que alguno aún no ha sido descubierto por la medicina. Recuerdo que llevaba el traje de neopreno a medio poner y se le marcaba la línea de la cadera. Impresionante. Aunque veo poco probable que me lo pueda tirar, entre otras cosas porque yo estoy casada y él tiene novia, mis fantasías más calientes son con él… Y hay que reconocer que mi vida sexual en pareja ha mejorado mucho. No es que mi chico esté mal, es un pedazo de hombre, pero una ya lo tiene muy visto y no están de más las ayuditas. Y este rubio… ¡Es un PEDAZO de ayuda! ¡Una ONG para mujeres aburridas! ¿Cómo me puede prender tanto? Es verlo aparecer y se me hace la boca agua. Y la entrepierna, para qué nos vamos a engañar… Con ese traje que le marca todo el paquete… Cuando se me acerca para explicar tal o cual cosa, me gustaría decirle: «Déjate de idioteces y vamos detrás de las dunas a coger…». Lo peor es que el australiano no tiene prejuicios y se encuera en cualquier sitio sin importarle quien esté delante, vamos, un espectáculo. A veces me da cosa que me pesque espiándolo cuando se cambia… Me siento como una pervertida, pero creo que le encanta provocar. No me extraña; si yo fuera él, iría en pelotas por la playa todo el día. Daría las clases en pelotas, aunque estuviéramos a doce bajo cero.

Y claro, con tanta exhibición, se me va la hebra y me pongo a todo gas… Imagino que salimos del agua y cuando nos vamos a cambiar a la cámper se quita el traje, me tumba sobre el camastro y empieza a cogerme. Carajo, creo que no haría falta, con solo pasarle la mano por la espalda me vendría… Sí, realmente hacía mucho que ningún tipo me ponía como el australiano. Habla español de pena, pero… ¿quién necesita hablar con un tipo como él? Yo, no.

Del relato de Maider se desprende, en primer lugar, que tiene muy claro el tipo de hombre que le atrae: el guapo conforme a los criterios actuales, aunque a muchas las ponga de nervios un *surfer* a la parrilla que lleva cinco años sin peinarse. Para ella, ese hombre es solo un instrumento con el que llegar al placer y ni siquiera es importante que sepa hablar. Es una pura cuestión física la que le provoca la excitación sexual, algo que nace de forma absolutamente espontánea y que, en su caso, es muy satisfactorio.

Quizá para muchas mujeres el australiano de la historia no desprenda ninguna atracción y necesiten de otras variantes para despertar el instinto; como hemos dicho antes, la belleza es algo muy subjetivo. Obviamente, no es el caso de la protagonista, cuyo instinto está cien por cien liberado y no tendría problema para zumbarse al muchacho hasta encima de una tabla en plena tormenta. Además, Maider utiliza su excitación y la aplica en su matrimonio para mejorar las relaciones sexuales, algo que puede ser muy positivo, sobre todo en los casos de mujeres que se duermen profundamente cuando sus maridos les practican un cunnilingus.

EL PASIVO

«Lo que tú digas, mi vida.» Si hay mujeres que ante esta frase cogerían un fusil y se cargarían a su pretendiente, hay otras que en esa sumisión encuentran un atractivo arrollador. Aunque, no nos engañemos, este «poder» suele ir casi siempre ligado al «Luego ya haré lo que a mí me dé la gana». Mientras la fémina no se entere de este particular, es posible que la relación vaya como la seda. El poder de este hombre pasivo reside básicamente en que ella cree que lleva las riendas de la relación y hace y deshace a su antojo. A algunas, ese rol las estimula sobremanera, hasta el punto de ver en ellos el marido perfecto.

Coral. Treinta y cuatro años. Zapatera
Mi novio Germán me gusta por una sencilla razón: su carácter tolerante. No solo eso: es generoso, da su brazo a torcer, escucha, comparte, es caballeroso, dulce, tranquilo, jamás dice una palabra más alta que otra, nunca lleva la contraria, no se enfada por nada, es servicial, entregado, discreto, callado, respetuoso, educado, sereno, dócil, entrañable, comprensivo, atento… ¡Es el hombre perfecto! Bueno…, solo tiene un defectillo… A veces se pone *jeans*, pero esa manía se la quito yo en un santiamén… Ya verás.

Antes de pararnos en la apasionante personalidad de Germán, estudiemos la figura de Coral, una mujer cuyos estímulos se generan a través de un perfil de los denominados «bajos». Para que una mujer reaccione ante tal caballero, su perfil suele responder al de alguien que necesita tener poder sobre la otra persona, la sensación total de dominio, la necesidad de llevar las riendas. Desgraciadamente, en la mayoría de los casos, el «orden» que instauran en la vida de pareja nada tiene que ver con el «desorden» íntimo que quizá esconden…

Por otro lado y ya ocupándonos de Germán: o lleva muerto desde 1919 o es un auténtico mandilón. Cuando se registran tantos adjetivos de ese tipo en tan pocas líneas, solo cabe rezar para que el susodicho no sea en sus ratos libres un asesino en serie especialista en tapizar sofás con piel humana.

Estos son solo algunos ejemplos de esos «hombres perfectos» que despiertan la admiración de las mujeres y revolucionan su deseo. Todas tenemos en nuestra mente a ese ser perfecto que nos excita y provoca, ahora solo falta encontrarlo. Aunque en esta empresa debemos tener en cuenta si realmente ese que nos atrae es el hombre adecuado. ¿Encontraremos la felicidad en lo que buscamos? Habrá que analizarlo detenidamente, pararse y recapacitar. «Desintoxicarse» de las malas experiencias y así evitar relaciones tóxicas que, en un futuro, podrían crear dependencia. Estudiemos lo que nos conviene para una vida sexual plena y totalmente libres de lastres, encontremos el *punto* que buscamos.

2

LA SEDUCCIÓN

Otro factor fundamental para llegar al deseo de algunas mujeres es la seducción. No es lo mismo una sensual caricia furtiva en el restaurante más célebre de París que hacerte un chupetón en el cuello mientras ven el especial «Cómo cocer huevos» en Canal Cocina. El estilo de los hombres a la hora de seducir es algo harto importante para una mujer. Una vez superada la primera fase y considerando que un hombre tiene las suficientes facultades para resultarnos fascinante, llega el momento de la seducción. Si ese ser introspectivo y misterioso que nos ha subyugado hasta la excitación nos sorprende imitando a Rocío Dúrcal en nuestra fiesta de cumpleaños, es probable que baje puntos.

Analicemos estas diferentes formas de seducción, fundamentales para abrir la llave del deseo de muchas mujeres. Un paseo por la ciudad, un viaje relámpago a Roma en su avión privado, la palabra acertada en el momento preciso, saber escuchar... Para el hombre, la pregunta sería sencilla: «¿Qué diablos tengo que hacer para enrollarme a una chica y coger un rato?». O en palabras menos coloquiales: «¿Cómo puedo encontrar el punto que accione la respuesta sexual de una mujer?». En su mayoría, estos son hombres que logran que la mujer se sienta distinta al resto, especial: ÚNICA. Incluso algunos consiguen que una tarde de cine se convierta en una vida juntos. Atentos los lectores masculinos porque los métodos que enganchan a las mujeres, en muchos casos, se alejan bastante de la Caja Roja de Nestlé.

AQUÍ TE ATRAPO...

Un valor añadido para muchas féminas es la espontaneidad del hombre a la hora de seducir. Nada de cenas preparadas, ni de días concretos en el calendario: ni San Valentín, ni Santa Claus, ni cumpleaños. Llegar una tarde cualquiera con la propuesta más disparatada es un motivo de seducción que se acerca a ese *punto* que buscamos. Un acercamiento improvisado en el coche, en el cine, mientras se está limpiando una lubina, es lo suficientemente cautivador para abandonarse al deseo.

Dolo. Cincuenta y cuatro años. Exprofesora de primaria
Me divorcié hace diez años. Mi marido era un militar de rancia educación y más rancio manejo de la sexualidad, creo que con él llegué al orgasmo en tres ocasiones y siempre fue por mi propia mano. La copulación (no era otra cosa) se producía el sábado, después de los deportes. Si estaba de guardia, se pasaba al domingo. Si también estaba de guardia el domingo, se pasaba a la siguiente semana. Y así durante veinticuatro largos años. Lógicamente, mi visión del sexo era como de algo desconocido que en nada iba conmigo. Y tengo que decir que después de tanto tiempo me acostumbré, no se echa de menos algo que desconoces.

Tras el divorcio, tomé las riendas de mi vida y me redescubrí a mí misma. Dejé la docencia, algo que me aburría considerablemente, cambié de ciudad, hice nuevas amistades e incluso abrí un pequeño negocio. Mi vida era casi casi perfecta. Solo había un campo que se resistía a cambiar: el sexo. Mis nuevas amistades resultaron ser todo lo contrario a las personas con las que había convivido hasta entonces; hablaban de sexo con total libertad y me recalcaban los efectos positivos de los que podría surtirse mi vida. ¡Y vaya si tenían razón!

Después de una larga lista de educados caballeros que no atrajeron mi atención, mis amigos me presentaron a Jorge durante una comida en un restaurante de playa. Era un hombre de mi edad, también divorciado y padre de dos hijos. Ya el primer día me invitó a subir a su pequeño barco para salir a pescar. No sé por qué razón accedí, imagino que por su espontaneidad y la buena energía que me transmitió. Y allí, mar adentro, después de atar la caña con un nudo, Jorge se lanzó sobre mí y comenzó a besarme. Muy lejos de rechazarlo, me sorprendí a mí misma participando de aquel gesto apasionado, jamás me habían besado así. Lentamente me subió la falda y comenzó a acariciar mi vagina, en mí no existía nada más que el placer que me proporcionaba aquel hombre. Ningún pensamiento. Estaba experimentando algo nuevo que me gustaba. Y mucho. Me masturbó largo tiempo, hasta que llegué al orgasmo, y después me penetró con enorme dulzura; creo que él ya sabía de mis miedos. Siempre lo pensé. Después de aquella tarde, nos seguimos viendo hasta convertirse en mi actual pareja.

Lo que realmente me fascina de él es su capacidad para sorprenderme. Jamás un día es como el siguiente, en todos los ámbitos de la convivencia. Puede que un día regreses a casa y te esté esperando un gran regalo, o que se excite en un centro comercial y te arrastre hasta el almacén para retozar como chiquillos, o que te cubra los ojos y te lleve hasta un lugar mágico. Siempre acierta.

Él supo seducirme con su carácter dinámico, explosivo, positivo, libre. Me rescató de una oscuridad de la que yo no era consciente. Ahora, he visto la luz, he conocido la naturalidad, el encanto de lo imprevisto y mi vida sexual es plena. Ahora miro atrás y no entiendo cómo pude soportar tanto tiempo de ignorancia. Pero nunca es tarde para encender esa lámpara que tenemos apagada...

Dolores habla de la oscuridad. Pero no solo eso: ella estuvo siguiendo durante veinticuatro años unas normas de lo que parece una vida trazada al milímetro. Un sexo insatisfactorio, un marido con rancia educación y un entorno poco liberal hicieron de su vida una encorsetada existencia en la que no había lugar para la improvisación y, mucho menos, para el sexo. La educación recibida por Dolores y un matrimonio sexualmente apático enterraron su deseo: es de imaginar que por su trayectoria e idiosincrasia, el sexo resultara algo sucio y obsceno solo válido para procrear. Pero la llegada de Jorge consiguió que redescubriera su sexualidad y cambió su vida. La seducción que él ejerció sobre ella estaba basada en lo imprevisto, en lo no calculado, cualidades que la deslumbraron. Quizá el encuentro del barco era algo que Dolo había deseado de manera subconsciente en muchas ocasiones, pero que no se había presentado. En el momento en el que sucedió, nuestra protagonista no puso impedimento. Su deseo se había cumplido, había encontrado el *punto* que necesitaba.

SOY TODO OÍDOS

Hay mujeres realmente complicadas que necesitan a su lado a un hombre complaciente que las apoye y entienda. Para ellas, es necesaria una entrega absoluta y esa es la única característica en un individuo que puede lograr atraer su atención. Por supuesto, esta «cualidad» es extensible a todos los ámbitos de la relación, incluido el sexo y sus derivados.

Beatriz. Treinta y tres años. Vendedora de productos informáticos

He salido con más de sesenta tipos. De hecho, dejé de ser virgen a los trece años, una edad quizá demasiado precoz. Pero siempre he sido una mujer sexualmente muy activa que necesita estar con hombres de forma habitual. Para mí, el sexo es como comer, dormir o respirar: si no me acuesto con un hombre al menos una vez al día, me falta algo… Y cuando llevo mucho tiempo con un chico, pues como que me canso. Es como ver una película cien veces… Por mucho que te guste el protagonista, te sabes el final.

La verdad es que, con mi ajetreada vida sexual, nunca me planteé tener una relación estable. ¿Quién iba a soportar mis vaivenes y caprichos? Nadie. Pero me equivocaba. Julio era un cliente de mi empresa con el que, por asuntos de trabajo, había quedado en numerosas ocasiones. Uno de esos días tontos en los que me apetecía tirarme a alguien, me insinué. El pobre cayó en menos de diez segundos. La verdad es que, con su aspecto de mojigato informático, me sorprendió: el acostón estuvo realmente bien y descubrí detrás de aquel tipo con pinta de chaquetero un verdadero portento del sexo. Cuando posteriormente empezó a mandarme mensajitos y a llamarme para salir, lo hice partícipe de mi naturaleza independiente y de mi absoluta incapacidad para mantener una relación estable. Él aseguró comprenderme y comenzamos un trato basado en la amistad sincera y los palos brutales. Cogíamos como locos y, después, yo le metía brasas de dos horas mortificándome por esta naturaleza angustiosa que me impedía tener un compromiso. Y él aguantaba. Yo podía contarle cualquier cosa, y él soportaba mis discursos estoicamente. A él le confesé mis secretos más ocultos, mi vida sexual, mis problemas en la infancia, mi dificultad para comunicarme, mis más profundos pensamientos. Y él escuchaba, me aconsejaba y luego me echaba una revolcada magistral.

Al final, conoció a una programadora durante un máster de la empresa y terminó casándose con ella. Después de muchos años, seguimos quedando de vez en cuando y los acostones siguen siendo magníficos. Sin duda, es la única relación estable que he tenido en mi vida y, probablemente, la única que tendré…

Nunca sabremos si el informático aguantaba los discursos de Beatriz porque llevaba sin sexo diecisiete años o por ser un hombre realmente comprensivo, pero lo cierto es que, en ella, la capacidad de escucha y sus consejos fueron claves para seducirla. Bea representa a una mujer que no quiere compromisos, pero que se encuentra protegida y plena con lo más parecido a un compromiso que existe: la amistad. Entonces, ¿de dónde nace ese rechazo hacia el compromiso de pareja? Los factores pueden ser muchos, pero por lo general corresponden a mujeres que han vivido una amarga experiencia en ocasiones anteriores, las que han crecido en un seno familiar desestructurado o las que sufren de ciertos bloqueos a la hora de la entrega, ya sea por complejos no reconocidos o por miedo a mostrar su intimidad al otro.

En esta historia, el informático jamás cambió la condición independiente de ella, pero sí encontró en este perfil la «estabilidad» a la que su propia naturaleza podía aspirar. Ella encontró el *punto* en Julio.

LAS DAMAS PRIMERO

Todo un clásico. El hombre caballeroso que te retira la silla en el restaurante, que regala flores, que agasaja con bellas palabras… Este es un tipo muy apetecible para algunas mujeres y el que mejor sabe utilizar el arma de la seducción. Hay estudios que determinan que este tipo de hombre desapareció en el siglo XV, pero se han encontrado algunos casos en Laponia que tiran por tierra esa teoría.

Al parecer, aunque escondidos en pequeñas colonias, aún quedan caballeros. Pero esa «caballerosidad» puede ser una máscara que esconde intenciones ocultas. O simplemente… un milagro maravilloso y el comienzo de una gran historia…

Loreto. Treinta y cinco años. Estilista
Cuando comencé a salir con Alberto me daba vergüenza hacerlo público. Mi grupo de amigas era muy exigente con los hombres y estaba segura de que pondrían el grito en el cielo cuando les contara que me citaba con el chico de mantenimiento de mi empresa. Para ellas, un hombre sin Ferrari era un jodido.

Lo cierto es que yo también estaba sorprendida conmigo misma, siempre había salido con chicos económicamente bien situados o, al menos, hijos de buena familia. Él no correspondía a ninguno de esos dos grupos…

Todo empezó de la forma más casual, tras encontrarnos una noche en un bar. Llovía a raudales y yo llevaba un vestido mínimo. Él se ofreció a ayudarme a buscar un taxi para irme a casa y salimos a la calle. Creo que en aquel instante comenzó a despertar mi interés. Durante la friolera de tres cuartos de hora, Alberto cubrió mi cuerpo con su chamarra de cuero para que no me mojara. Pobre, después de aquello la prenda quedó para limpiar cristales… A pesar de mi insistencia en que se fuera, decidió permanecer a mi lado y, con sorprendente caballerosidad, esperó y me abrió la puerta del taxi para que entrara. Y todo con su gran sonrisa… Hasta que el vehículo no desapareció, él permaneció allí, diciéndome adiós con la mano, bajo la lluvia. Qué mono…

Luego vendría su invitación a dar un paseo, proposición que yo por supuesto rechacé. Y que media hora después acepté. Y más tarde llegaría su invitación a cenar y más tarde… En dos meses me encontré saliendo con él en plan novios.

Me encantaba cómo me protegía, cómo me mimaba. Su devoción por mí iba mucho más allá de abrirme la puerta para que yo pasara primero (algo que cumplía a rajatabla), su caballerosidad abarcaba todo, no solo lo protocolario. Al final, su galantería terminó seduciéndome totalmente. Hasta en la cama era un caballero y, cuando nos acostábamos, primero me hacía gozar a mí, a veces con delicadas caricias que me deshacían, otras con cogidas apasionadas que me dejaban exhausta. Lo daba todo para que yo tuviera un sexo pleno y no le importaba quedarse sin su porción de la tarta si yo estaba demasiado cansada para continuar. Lo que se dice un sol…

Sí, aquel encargado de mantenimiento me sedujo y hoy es mi marido. Quizá no tenga un lujoso convertible, pero es capaz de hacerme sentir como una princesa… Y encima me arregla el calentador gratis. ¿Se puede pedir más?

Un caballero. Y, como dice Loreto, no solo en su concepto de la cortesía. El encargado en cuestión demuestra su disposición y amabilidad en todos los campos, incluido el sexual, algo que logró seducir a la joven. ¿Cuántas veces hemos salido con un hombre caballeroso cuyo único objeto es que le limpies la espada? Sí, amigas, en ocasiones es mejor relacionarse con un señor que desconoce el concepto «abrir la puerta del coche» y que resulta todo un señor en asuntos carnales. Ya no se acostumbran nada los devotos acompañantes cuya única meta es desahogarse en una vagina. Con él, Loreto ha demostrado tener una fuerte personalidad, muy por encima de estatus sociales, y ha elegido a quien realmente le aporta satisfacción, aunque en este caso depende de cómo se mire: seguramente sus amigas señalarían esta relación como un complejo de inferioridad que le impediría aspirar al hombre que de verdad merece (siempre que ese hombre se tase en función de sus ingresos mensuales, claro). Deseamos que estas buenas amigas encuentren a ese sujeto adinerado que les haga llegar al orgasmo leyendo los dígitos de su cuenta bancaria.

AL RICO MILLONARIO

Como en la novela *50 sombras de Grey,* para cierto sector de mujeres resulta bastante atractivo salir con un señor que no sabe exactamente cuántas residencias tiene repartidas por el mundo, porque las llevaba apuntadas pero se le perdió el papel. Un hombre poderoso y rico que satisfaga sus más húmedas fantasías, aunque en la mayoría de los casos esta humedad esté más relacionada con un baño en su islita privada de Polinesia que con el sexo. El dinero es un poderoso imán que permite hacer realidad sueños y pagar facturas, pero, además, supone que el individuo en cuestión es inteligente, decidido, ambicioso y una serie de cualidades más que son las que le han permitido llegar hasta donde está. Aunque reconozcámoslo, los ricos herederos que no han pegado pie con bola también son de gran ayuda para estimular la imaginación de la más pacata de este grupo de féminas...

Luz. Treinta y un años. Empleada
Trabajaba como dependienta en una tienda de lujo. Una tienda de esas en las que el precio de una carterita para meter la morralla supera el sueldo mensual de todas las dependientas juntas y la encargada es un loro insoportable que te hace la vida imposible. Pese a ella, adoraba mi trabajo y me fascinaba ver a esas mujeres adineradas que llegaban a la tienda y se gastaban miles de euros en una sola tarde. Yo provengo de una familia humilde, mi padre trabajaba ajustando piezas en una cadena industrial y mi madre era la mejor del barrio haciendo sopa de ajo, quizá por ese motivo me resultaba tan inaudito aquel mundo de alfombra roja. Inaudito y profundamente atractivo.

Una tarde llegó una pareja a la *boutique*. Ella parecía recién sacada de un vehículo en llamas. Él, todo lo contrario: corbata, camisa blanca impecable, pantalón negro y unos zapatos que probablemente costaban el alquiler anual de mi depa. La mujer, sin ningún reparo, comenzó a elegir bolsos, carteras, maletas, complementos, zapatos… No recuerdo a cuánto ascendió la factura, pero supongo que lo suficiente para sanear la economía del cuerno de África. El caballero pagó y ambos salieron de la tienda acompañados de un chofer que les llevaba las bolsas.

Aunque eran una pareja peculiar, no es algo inusual ver en las tiendas de lujo este tipo de personas; el dinero tiene muchas formas, en ocasiones sorprendentes. Pero, en este caso, él llamó mi atención. No era vulgar, ni uno de esos que aprendieron a contar con los dedos y se hicieron ricos. Aquel hombre tenía una clase difícil de definir.

Unas semanas después, volvió a aparecer. En esta ocasión, solo. Entró y se dirigió a mí sin rodeos:

—Quiero un cinturón negro —dijo mirándome fijamente. Le mostré los cinturones negros de la colección y le ofrecí una copa de vino. No dejaba de observarme. Luego vendrían otras visitas al establecimiento, cada vez más frecuentes y distendidas. Pronto comenzó a tutearme, a interrogarme por mis gustos, incluso a lanzarme tímidos piropos. Si al principio yo me sentía violenta, sobre todo por las miradas inquisitivas de mi odiosa encargada, en poco tiempo me convertí en la protagonista de una novela romántica. Me preguntaba qué había visto aquel hombre en mí, yo no era más que una pobre chica que vendía bolsos, pero esa pregunta enseguida se disipaba cuando aparecía por el establecimiento y me conquistaba con su presencia.

Luego vendrían las cenas en restaurantes increíbles, los fines de semana en lugares de ensueño, los regalos, las vacaciones… Y confesarme que le gustaba que le mearan en la cara durante el acto sexual. No es que yo fuera una remilgada, pero el tener que tomarme dos litros de agua antes del acto era muy fastidioso. Como después de la penetración tenía que orinar sobre él, mi única obsesión durante el acto era no mearme, algo que realmente me desconcentraba y me impedía llegar al orgasmo. Terminé fingiendo para complacerlo y mi vida sexual fue convirtiéndose en una enorme meada. Él me había deslumbrado con sus regalos, su amabilidad y esa vida de ensueño, sin embargo comencé a pensar en dejarlo. Aquello no era para mí... Por supuesto, mis compañeras de profesión, mis amigas íntimas, las del curso de marroquinería y hasta mis padres intentaron quitarme la idea de la cabeza, pero ¿cómo podía yo confesarles que el señor de la corbata solo se venía si le meaba en la cara...? Aguanté con la esperanza de que aquella costumbre fuera pasajera.

Llegado el verano, me invitó a una travesía por las islas griegas en su yate de cien metros de eslora. Una dependienta como yo, que no tiene coche porque no puede pagar el seguro, se deslumbra con esas cosas. Y el viaje fue maravilloso: playas paradisiacas, cielo, mar, pueblecitos blancos, cenas a la luz de las velas... Y el orín.

Una noche, después de regalarme una pulsera maravillosa que casi me hace perder el conocimiento, nos fuimos a la cama. Yo, como cada noche, me había preocupado de beber la suficiente agua para poder practicar sus juegos eróticos, pero aquel día iba a ser distinto...

Después de una de mis apoteósicas micciones, me susurró:

—Ahora me toca a mí, me encantaría mearte encima la próxima vez...

Al día siguiente, le devolví la pulsera, me bajé del yate en Corfú y tomé veinte ferris distintos hasta llegar a la Península.

Prefería mis cenas felices en el chino La Muralla a que me orinasen en la cara después de una romántica velada en el Ritz. Jamás revelé a nadie el porqué de aquella abrupta ruptura, pero le pasé el teléfono del millonario a mi encargada. Quizá yo no pueda disfrutar de unos Louboutins, pero imaginarme cómo la mean a ella en la cara no tiene precio...

La puesta en escena consiguió seducir a Luz, no obstante hubo un pequeño cabo que quedó suelto: ella tiene ciertos límites. En este caso, la «desconexión» sexual entre ambos ha podido más que el catálogo de lujo que llevaba el señor de la corbata. O cegada por el poder seductor de él se dejaba llevar por estas prácticas, o rezaba para que tuviera pronto problemas de próstata, algo del todo amoral.

Esperemos que la encargada de Luz sea una mujer feliz y que los juegos escatológicos la colmen de un gran placer y muchas risas.

Pero ¿dónde subyace el gusto por este tipo de prácticas tan inusitadas para muchas personas? ¿Quizá de una infancia complicada? ¿De un terrible pasado difícil de superar? Como hemos hablado anteriormente, existe un ánimo por parte de algunas mujeres de rescatar al hombre atormentado, justificar su carácter y, por supuesto, sus apetencias sexuales. Ellas son «las salvadoras».

3

LAS SALVADORAS

¿Sienten algunas mujeres la necesidad de rescatar al hombre? Existe algo instintivo que señala que así es: el llamado síndrome de la mujer salvadora. Las féminas que pertenecen a este grupo no solo están dispuestas a salvar al hombre de sus zozobras, sino a llegar mucho más allá: están convencidas de que podrán hacerle cambiar, el problema es que, en el intento, terminarán sometiéndose, postergándose a sí mismas en la necesidad de que el otro las reconozca. El tipo de hombres que atraen a este grupo suelen ser adictivos y desintoxicarse de ellos resulta muy complicado. Casi siempre aparece el instinto femenino que arrastra a la protección del individuo, aunque él no quiera. No debemos idealizar este tipo de encuentros sexuales, y, a pesar de que algunos suelen resultar muy satisfactorios por su gran intensidad, el resto de la relación suele ser gravemente tóxica. Sentir que en ese instante de placer el hombre «se entrega» lo dota de un alto grado de pasión, aunque posteriormente se esfume y regrese la frustración y el dolor. No debemos olvidar que existen muchas mujeres codependientes, sometidas a este tipo de relaciones y convencidas de que estar enamorada va inexorablemente unido al sufrimiento. Para ellas, romper con esa vida es realmente difícil, por ello debemos tener cuidado con estos vínculos, sean del orden que sean. Seamos precavidas: la angustia nunca es síntoma de amor ni de goce.

Aun así, y a pesar del peligro que ello supone, existen muchas mujeres a las que este tipo de señores las atrae de manera irremediable y se nutren de un variado plantel de caballeros. Pasemos a conocer algunos ejemplos de esas heroínas decididas a salvar a los *afligidos*...

SALVANDO AL HOMBRE INFIEL

Muchas son las causas que los expertos han señalado como culpables de la infidelidad de hombres y mujeres: el narcisismo, el aburrimiento, la insatisfacción, una errónea elección de la pareja, el vacío existencial, una infancia que haya determinado su conducta en la edad adulta ya sea por sobreprotección extrema o por todo lo contrario, el ejemplo de un núcleo familiar disfuncional... Existen muchos hombres que necesitan afirmarse a través de las relaciones fuera de la pareja, de la misma forma que hay mujeres dispuestas a hacerlos cambiar, convencidas de ser la mujer que *él* estaba esperando, de que el resto eran meras «muescas en su pistola». Estas salvadoras permanecen ciegas ante la aplastante evidencia: pueden tener enfrente a Alien, el Octavo Pasajero, y son capaces de creer que en realidad es un delegado de Cruz Roja. Para ellas, la verdad es invisible.

Mila. Cuarenta y siete años. Estilista
Yo me separé hace seis años y durante tres estuve saliendo con un hombre que conocí en una discoteca. Al principio todo iba bien, pero él tenía una profesión complicada que lo obligaba a viajar

continuamente. Como me confesaría más tarde, era espía. Sí, quizá suene a risa, los espías no suelen ir contando por las discotecas que lo son, pero sus continuas idas y venidas, su extraña forma de actuar y el secretismo con el que llevábamos la relación me convencieron de que su historia era cierta. Que quedáramos y no apareciera hasta quince días después se convirtió en algo natural. Yo no sabía mucho de espías, pero lo llegué a ver de lo más normal.

Su agitada vida hacía de la relación algo imprevisible y eso me excitaba muchísimo. Yo venía de un matrimonio bastante aburrido y pasar de las partidas de cartas al sexo salvaje fue un descubrimiento. Él siempre estaba ganoso y podía durar siglos, creo que una vez llegué a venirme siete veces en una sola tarde, algo que para mí era un milagro.

Y esos encuentros furtivos en hoteles de segunda para que no lo descubrieran, y ese salir huyendo de un restaurante, y esas llamadas intempestivas diciéndome que me echaba de menos desde números privados… El que jamás pudiera contar con él para hacer una vida normal de pareja, lejos de ser un problema, se convirtió en algo muy excitante que se traducía en unos acostones de escándalo. Pero esa apasionada vida a lo James Bond duró un tiempo… Pronto abrí los ojos y me di cuenta de que aquella profesión que había elegido era una forma de huir de sí mismo. El estar permanentemente detrás de una pista, controlando la puerta de los restaurantes o desapareciendo del mundo durante semanas por culpa de una misión no era otra cosa que la huida de algo muy profundo que lo rasgaba por dentro. Eso me hizo comprenderlo, desearlo y amarlo aún más. Los encuentros se hicieron más intensos, mis orgasmos eran doblemente placenteros y, tras ellos, le suplicaba que abandonara su carrera desesperada, que juntos comenzaríamos de nuevo. Pero nada le hacía cambiar. Su dolor no lo dejaba parar… ¿Qué era aquello que me ocultaba y de lo que huía incesantemente? ¿Qué?

Pues aquello se llamaba Gloria, Ana Isabel, Romy y Lara. Y su capacidad sexual era el resultado de una poderosa adicción a la cocaína. Así como lo cuento. Durante un encuentro tuvo que huir desesperadamente, porque su *dealer*, como averigüé después, lo estaba esperando. En esa huida dejó el celular, el resto es fácil de imaginar: mensajes, llamadas... El espía resultó ser un mesero de bingo que salía con quince a la vez, incluida la coca. Cuando él mismo me lo confesó entre lágrimas, lo perdoné. Yo estaba convencida de que lo podía hacer cambiar, perdonar aquella gran mentira lo haría reaccionar y entendería que yo era la mujer que necesitaba. Porque necesitaba ayuda, aquel montón de relaciones vacías eran sin duda una huida desesperada... Necesitaba alguien en quien apoyarse... Y esa era yo, claro.

Tras unos meses de intento de rescate, decidí que nada tenía que ver un misterioso espía de trepidante vida sexual con un mesero cocainómano que no podía venirse. Dejé de contestarle el celular y en pocas semanas conocí a otro hombre que, aunque lo veo poquísimo por sus continuos viajes de trabajo a Cuba, me hace muy feliz.

Mila es otra mujer con las ideas claras: necesita a alguien a quien salvar, ya sea cocainómano, ladrón de carteras o tesorero de un partido político. Una vez más se podría hablar de dos teorías: el hecho de que la protagonista antepone al otro por encima de sí misma, o una especie de vanidad que la hace convencerse de que ella es «especial» y capaz de resarcir a su pareja. En esta búsqueda por ser reconocida, no varía el perfil de hombre que estimula su deseo: a pesar de las distintas personalidades, los dos ejemplos que nos muestra Milagros corresponden a un hombre susceptible de resultar problemático.

Sea cual fuere la esencia de los problemas del falso espía, nuestra protagonista se sintió capaz de salvarlo de aquella existencia que consideraba una huida. Hay que subrayar que, cuando comenzaron a relatarme esta historia, yo supe desde el principio que el individuo en cuestión no era espía, que lo más probable era que estuviese casado o que fuese un crápula, cosa que más tarde se demostró. Pero es una tónica general: en estos casos, la protagonista es incapaz de discernir entre la verdad y lo falso. Es parte del poder que el hombre ejerce sobre este tipo de salvadora.

SALVANDO AL EGOÍSTA

Al hablar de «egoístas» no nos referimos a los hombres que te dejan a medias en pleno acto sexual (que, como bien se sabe, se han dado algunos casos...). Hablamos del hombre que es incapaz de mantener una relación estable, pero logra envolver a su víctima y enredarla en su maquiavélica tela de araña, un auténtico ejemplar de «hombre tóxico». Generalmente, son inseguros, controladores, mentirosos y muy inteligentes. En ellos está el poder de captar a la mujer, hacer que llegue al clímax, al convencimiento de que él está entregado, para después hundirla en lo más profundo. Absolutos manipuladores por los que algunas mujeres pierden la cabeza.

Marisa. Veintinueve años. Dibujante
Rober y yo éramos muy felices hasta que él decidió que necesitaba «encontrarse a sí mismo». Llevábamos juntos siete años y era cierto que la relación se había convertido en algo monótono. Llegó un momento en el que ni siquiera teníamos relaciones sexuales, y confieso que yo no las echaba de menos, en los últimos tiempos coger era cumplir un expediente y, para ser sincera, solía rezar para que se viniera pronto, cosa que no era muy difícil. Pero, a pesar de los problemas, yo estaba profundamente enamorada de él y el sexo era lo de menos para mí... La ruptura fue muy dolorosa.

Meses después, cuando comenzaba a recuperarme del trance, Rober empezó a llamarme y a invitarme a salir. Mi herida no estaba curada ni mucho menos, y yo me convencí de que él quería volver, que me echaba de menos.

Con esta máxima me entregué de nuevo a él en cuerpo y alma. Esperaba sus llamadas, soñaba con el día de nuestra cita y la vida sexual se convirtió en una desaforada peli porno. En su nueva vida, él se había emancipado de la casa paterna y tenía un pequeño departamento en el centro al que me llevaba durante nuestros encuentros. Si durante los últimos seis años yo había olvidado el significado de «sexo oral», ahora me había convertido en una auténtica experta gracias a él. Rober me sorprendió con sus nuevas artes sexuales, unas artes que quizá había aprendido en aquellos meses de separación y que no despertaban mis celos, sino la gratitud más profunda hacia la mujer que le había inculcado aquellos conocimientos. No solo eso, el hecho de que él no se entregara totalmente a la relación me mantenía tan alerta que cualquier movimiento suyo me llenaba de excitación. Me pasaba el día excitada y cualquier momento era bueno para recordar nuestros acostones y masturbarme como una adolescente que acaba de descubrir el sexo. Poco a poco, se fueron intensificando la periodicidad de las citas y me llegué a convencer de que volveríamos. Hasta el punto de preguntárselo sin rodeos.

La cara de estupefacción de él fue una respuesta bastante elocuente. Al principio se negó de plano y yo no pude evitar romper a llorar. Atendiendo a mis lágrimas, Rober me explicó que necesitaba tiempo, que no estaba preparado, que tenía que solucionar muchas cosas de su interior. Yo, como si hubiera salido de un discurso en coreano, volví a mi casa deshecha, pero dispuesta a rehacer mi vida. Había que continuar.

Unos meses después, y a pesar de algunos encuentros sexuales con Rober, conocí a un chico, Rubén. Era guapo, cariñoso, listo, yo lo volvía loco y lo único que tenía que solucionar en su interior era un par de asuntos. Era un chico ideal. Pero todo se torció.

El día anterior a mi fiesta de cumpleaños y a la presentación oficial de Rubén, Rober se presentó en mi casa para recriminarme mi falta de comprensión y mi egoísmo. ¿Cómo podía hacerle aquello? ¡Delante de todos nuestros amigos comunes! Realmente no entendí nada, pero sí vi en aquella reacción un ataque de celos que me devolvió toda la devoción por él. Anulé la fiesta por una gastroenteritis repentina y dije hasta nunca a Rubén *chicoideal*.

A partir de este momento, me sometí por completo a Rober, por supuesto él seguía intentando encontrarse a sí mismo entre las secretarias de su empresa y alguna que otra mesera. Mientras, yo esperaba a que me llamara para que lo acompañara a comprar un armario al almacén o le sacara a pasear al perro. Para él, yo seguía siendo su novia, pero con la enorme tranquilidad de que no lo era. Y me harté. Un día, después del acostón más increíble que había tenido a lo largo de mi existencia, decidí acabar con aquella situación. Me vestí y le dije que lo sentía, que no nos volveríamos a ver... Que yo, ese día, me acababa de encontrar.

A pesar de pasarlo realmente mal, de que tuviera que pasar tiempo y lágrimas, logré decir no. Poner el punto final y no volver a verlo jamás...

Un caso, el de Marisa, más habitual de lo que imaginamos. En la recuperación de lo perdido y en el egoísmo del otro se esconde un gran poder de atracción. Tanto que, en ese «abandono», ella encuentra la excitación sexual suficiente para complacer su deseo, infinitamente más satisfecho que cuando estaban juntos. Al margen de la posición de Rober y de su «egoísmo», ella cae rendida ante él y el deseo de recuperarlo mantiene vivo su motor. Ya no se trata solo de amor, ahora el deseo sexual juega un papel fundamental que da otro cariz a la historia. Por su parte, Rober utiliza todas sus armas para manejar a su «víctima». No nos equivoquemos, en esa seguridad aparente, en realidad existe un gran inseguro que solo logra la fe en sí mismo cuando somete al otro, proyectando sobre Marisa todos sus miedos.

Por desgracia, muchas mujeres tienen una idea de las relaciones basada en este tipo de perfiles; no terminan de desprenderse de los sentimientos hacia el otro, y él no permite que lo haga, ella es «su territorio». Es una dependencia muy compleja que siempre deja en el aire la posibilidad de volver y recuperar el tiempo perdido. Algo, por lo general, poco probable.

SALVANDO AL TEMEROSO DEL COMPROMISO

Uno de los rasgos más codiciados para «las salvadoras» es el pavor al compromiso: el hombre que sufre de este «síndrome» les maravilla. Y con esto no decimos que el concepto *compromiso* sea mejor o peor, el problema llega cuando solo una de las partes lo desea. Cada cual tiene sus motivos para ese temor, pero lo cierto es que suele darse en mayor medida entre los hombres. Las razones pueden ser muchas y, seguramente, muy profundas: una antigua traición, experiencias negativas en sus relaciones o en las de su entorno, una falta de autoestima que les hace creerse poco merecedores del otro, miedo a perder su espacio...

Eme. Veinticinco años. Peluquera
Llevo saliendo con hombres desde los quince años. Desde entonces, no he encontrado ninguno que realmente se comprometa a una relación seria. No es porque yo lo diga, pero soy una chica que está bastante bien y que nunca ha tenido problemas para ligar. Los tipos me echan el rollo, y, cuando me han llevado a la cama unas cuantas veces, ya empiezan a decir tonterías del tipo «Soy muy jo-

ven para tener novia». ¿Jóvenes? ¡El último que me dijo eso tenía cuarenta y seis años! A veces pienso que es porque no la chupo. Me da asco, no puedo evitarlo. La mayoría de mis amigas sí lo hacen, pero es porque quieren tener contentos a sus novios. Estoy segura de que por ellas… Ni se acercaban con un palo.

Pues sí, esto me lo he planteado muchas veces, pero me niego a pensar que no tengo novio porque no quiero hacer felaciones, así que sigo dando vueltas a los verdaderos motivos de mi desgracia.

El último en mandarme a la mierda se llamaba Pablo, tatuador. También hacía *piercings,* dilataciones y escarificación. Nos conocimos cuando yo me pasé por su taller para que me hiciera un pequeño *tatoo* en la ingle y en menos de dos horas ya estábamos cogiendo en su depa.

Fue sorprendente, sobre todo porque yo nunca lo había hecho con nadie que tuviera un *piercing* en el glande, y menos que llevara un arete del tamaño de La Rioja. Cuando me metió aquello, casi me da un ataque, pero en menos de un minuto empecé a trotar y fue alucinante. La verdad es que nuestra relación se consolidó, cada vez nos veíamos más y, excepto por el asquito que me da chuparla, el sexo iba de locos. Además, que casi todos los días dormía en su casa, éramos como un matrimonio pero que cogía sin parar…

Así que un día decidí darle una sorpresa y me presenté en su casa con las maletas dispuesta a instalarme… Y agarra el tipo y me suelta «que voy demasiado rápido y que él no está preparado para el compromiso». El chavo me gustaba, así que lo respeté, echamos un acostón rápido y me fui de vuelta a mi casa con las maletas entre las piernas. ¿Qué le habría ocurrido a aquel pobre chico para tener ese miedo? ¡Pero si éramos la pareja perfecta! Inmediatamente comencé a indagar entre sus amigos íntimos… Que si una relación traumática, que si sus padres eran divorciados y él lo había pasado muy mal, que si… Me compadecí de él y me prometí no presionarlo jamás. Solo cogíamos, nada de compromiso. Y de mamadas tampoco, claro. Con el tiempo, ese miedo desaparecería, porque lo que le hacía falta era comprensión.

Mantuvimos esta relación de «pareja especial pero sin compromiso, no vayas a pensar que somos novios» durante más de un año. Y otro. Y otro. Y claro, como no había compromiso, yo tenía unos cuernos que ni la ganadería de Salustiano Galache, pero no podía decir nada, él NO ME HABÍA PROMETIDO NADA. Podía gozar de su vida y hacer perforaciones a quien le diera la gana cuando le diera la gana… Yo había aceptado esas reglas… Y la verdad es que me gustaba tanto aquel tipo que tampoco me apetecía estar con otro. Me fajé con algún tarado, pero ni punto de comparación, el que me hacía cosquillas en la tripa era mi Pablo y para de contar.

Un lunes por la tarde, me llamó para quedar. Era extraño, él los lunes solía estar crudo y se metía en la cama en cuanto bajaba la persiana del taller. «Tenemos que dejar de vernos, no soy capaz de darte lo que tú quieres», me dijo. En menos de un año se había casado con una dentista. Y es que nada de lo que yo hubiera hecho o dicho habría cambiado a Pablo. Aunque me parece increíble, el problema era que yo no le gustaba. Alucino. Y jamás habría logrado cambiarlo por muy comprensiva que hubiera sido. Creo que tendré que plantearme el tema de las felaciones… Me estoy empezando a preocupar.

Pablo no se sentía lo bastante atraído por Eme, simplemente. Podría haberle dicho sin medias tintas que ese era el problema y que no deseaba mantener una relación estable, sin embargo prefirió argumentar que no estaba preparado. Y vaya si lo estaba, en menos de un año le daba el *sí quiero* a una experta en ortodoncias… Aparte de su manía por clavar agujas y objetos en la piel de la gente, no parece que nuestro tatuador sea un hombre demasiado complejo, y nada tiene que ver con los anteriores casos, sencillamente Eme no era la mujer de su vida. Aunque lo importante de esta historia es el papel que desempeña ella: acepta las condiciones de Pablo sin reservas, él no le ha prometido nada, nada serio existe entre ellos… Pero, en el fondo, está convencida de que, si lo ayuda a superar su miedo al compromiso, terminarán celebrando una gran boda en la playa de Gandía. Nada más lejos de los planes de él. Al final, todo era una mera cuestión de gustos. Aunque resulta curioso el afán de algunas mujeres por los hombres con freno en el compromiso… Quizá deberían preguntarse si son ellas las que sufren de ese impedimento y por ello solo tienen relaciones con este perfil…

AL RESCATE DEL HOMBRE CASADO

¡Lo que sufren algunos hombres casados! Pobres. Menos mal que siempre hay heroínas dispuestas a salvarlos del suplicio de un matrimonio deprimente y dañino… Por lo general, cuando una mujer mantiene una relación con un hombre casado, él siempre está planteándose abandonar a su mujer en breve. Sí, curioso. Este hecho suele levantar grandes pasiones. Los factores son muchos, pero, aparte de la atracción por el individuo en cuestión, el liberarlo de ese martirio y rescatarlo de las garras de una bruja maligna suelen ser razones muy atrayentes (aunque, si se indaga en la historia, la versión de la «malvada bruja» suele ser muy distinta a la del atormentado esposo).

Las salvadoras de estos hombres viven el placer con intensidad extrema, ya que los encuentros contienen todos los factores para incitar su deseo: tensión no resuelta, citas furtivas, sexo vehemente… Y cuando una de las partes ya se harta de tanta ocultación y plantea una relación seria, el *affaire* suele acabar con frases como «No puedo dejar a mi mujer hasta que mi hijo termine su carrera». Este trato podría estar bien, salvo por un pequeño detalle: el hijo tiene dos años…

Carolina. Treinta y seis años. Azafata

Lo conocí en una cafetería del aeropuerto de Barajas y enseguida surgió la pasión. En él, todo era perfecto, excepto que era un hombre casado… Lo supe desde el primer día, no solo por su anillo: él me lo confesó sin rodeos, no quería que hubiera secretos entre nosotros. Su matrimonio era un desastre; según me contaba, su mujer era una arpía que se pasaba el día deslizando la Visa y coqueteando con otros mientras él trabajaba como un esclavo viajando alrededor del mundo para mantener a la familia. Él aguantaba por los niños, pero, en cuanto pudiera, escaparía de aquella mala mujer que le estaba destrozando la juventud. La verdad es que su situación me dio verdadera lástima y, además de lo que me atraía, se apoderó de mí un sentimiento de protección que me arrastró a ser su amante. Nos veíamos cuando podíamos y nuestros encuentros eran increíbles. Se desataba el sexo más bestial en cualquier sitio y tal era nuestro deseo que en ocasiones ni siquiera llegábamos al hotel… Paraba el coche en la orilla, me ponía sobre él y cabalgaba encima de su verga hasta que nos veníamos. O todo surgía en el ascensor… O en el baño de cualquier parada de carretera… Para mí era algo inaudito, yo no había sido nunca una mujer demasiado sexual, pero él me provocaba un sentimiento entre el deseo y la protección que no podía controlar. Tenía que hacer feliz a aquel hombre al que su mujer no sabía amar. Y yo le daba lo que ella no le daba, me hacía sentir importante en su vida, única.

Así pasaron diez años. Con sus enfados y tensiones, con las lógicas dudas y desasosiegos, con discusiones y reconciliaciones… Pero mantuve esta relación diez años, hasta que sus hijos fueron mayores, porque comprendía que, siendo un hombre bueno, no quisiera provocarles dolor… Bastante sufría con aquella mujer insoportable que lo despreciaba. Gracias a Dios, yo estaba a su lado.

Una mañana, camino de mi vuelo, me pareció verlo a lo lejos esperando para tomar un avión. Me extrañó, puesto que no me había dicho que salía de viaje ese fin de semana. Sí, allí estaba. Con su mujer. Me escondí detrás de una columna: necesitaba observarla, conocer más de cerca a aquel ser del averno que le había destruido la existencia... Nada más lejos: mi amante pasaba su brazo por el hombro de ella con una expresión que yo misma podría traducir como ternura... Y en su esposa nada había de desprecio, ni de amargura, ni de odio. Se apoyaba sobre él y, simplemente, parecía disfrutar del hombre al que amaba. Cuando de la nada surgieron unos adolescentes con los que empezaron a hacerse fotos absurdas, me di cuenta de que eran una familia feliz. De que lo único que sobraba allí era yo. Decidí seguir mi rumbo.

Aún me pregunto el porqué de aquellas mentiras, pero sobre todo... ¿cómo pude caer en aquella broma atormentada en la que la felicidad era pasar más de dos horas juntos en un motel? Antes, estaba convencida de que él era lo mejor que me había ocurrido jamás... Ahora me siento desgraciada y tengo la triste sensación de haber perdido diez años de mi vida.

Obviamente, habrá casos de hombres que de verdad sufren los latigazos de una esposa dominante y cruel a la que soportan por no romper la unión familiar, pero en el señor que nos ocupa se ha vuelto a dar el clásico popular del marido infiel. Este es el caso de la «eterna amante que espera» para salvar a su príncipe, lo malo es que él no necesita ser salvado porque tiene una familia fabulosa y está increíblemente cómodo.

Carolina se formula una interesante pregunta: «¿Cómo pude caer en aquella broma atormentada en la que la felicidad era pasar más de dos horas juntos en un motel?». Pero ella misma se ha contestado a lo largo de su relato: se sentía importante en la vida de él, única. Ella era la que le entregaba el placer que le negaban en su casa, creía que tenía un poder sobre él, sexual y afectivo, que la convertía en alguien especial. Eso la motivaba a seguir con la relación. Sus encuentros sexuales estaban impregnados de este sentimiento que potenciaba cualquier sensación y hacía del sexo algo extraordinario. Pero, además, estas citas eran limitadas en tiempo, lo que obligaba a «aprovecharlas» al máximo dotándolas de una mayor intensidad.

Lo que llama la atención de este tipo de salvadoras es que no perciben el peligro. Lo que para el resto puede resultar algo manifiesto, para ellas no. Y, en muchos casos, es por la creencia que tienen de que ellas solo se merecen ese tipo de relaciones. Esperemos que no sea el caso de Carolina y ese rumbo que ha tomado le haya llevado a buen puerto. O, mejor dicho, aeropuerto…

4

MUJERES LIBERADAS

Durante esta fase de «preparación» nos hemos referido a algunos de los pasos que se podrían necesitar para llegar al deseo y provocar la reacción sexual de algunas féminas que acaban de tomar las riendas de su sexualidad. Pero, por supuesto, existen otras mujeres ya liberadas que no necesitan de los pasos previos de otras para llegar al erotismo. Les basta con contemplar a un hombre atractivo para excitarse y tener relaciones sexuales altamente satisfactorias. Eso no quiere decir que estas mujeres separen de forma radical el sexo de los sentimientos, ni que se vayan a la cama con el primer hombre interesante que les aparece, pero sí se ahorran gran parte del camino para la estimulación sexual y, aunque tampoco en todos los casos, de igual modo en la comunicación con el entorno tratan el sexo con total naturalidad y sin ningún tipo de complejo.

Durante la preparación de este libro, me han escrito muchas lectoras en total desacuerdo con la teoría de que la nueva ola erótico-literaria haya supuesto una revolución sexual. Como es obvio, no ha sido así en todas las mujeres y existen muchas que, antes de que apareciera Grey y sus sucedáneos, trataban el sexo sin complejos e incluso ya se habían leído alguna que otra novela de alto contenido erótico y excepcional escritura. Afortunadamente.

Ocupémonos entonces de esas mujeres. De las que no necesitan de *etapas* para llegar a disfrutar con un hombre del clímax sexual, ni de inyecciones literarias de moda para abrir la puerta del deseo.

Ellas tienen la mejor fórmula para economizar en falsas promesas de relaciones estables y sufrimientos vanos. Lo suyo es una cuestión de lógica atracción, que nada tiene que ver con los sentimientos, sino con el gozo sexual y el modo de aprovechar los instrumentos sexuales de los que ambos disfrutamos para llegar al placer.

Patricia. Treinta y tres años. Filóloga

Me sorprenden las mujeres de mi entorno cuando, a la hora de tener relaciones sexuales, hablan de «esperar a que se consolide» o se plantean idioteces como «no vaya a pensar que soy una zorra».

A no ser que estén borrachas en una discoteca, la mayoría son incapaces de irse con un tipo a la cama la primera noche. Y, las que lo hacen, al día siguiente están mirando el celular para ver si el señor en cuestión las llama para llevarlas a cenar. Yo no soy así.

Yo voy a un bar, miro a mi alrededor y, si hay un tipo que me gusta, me acerco, le arrimo el trasero y las tetas, y en menos de un minuto ya me está preguntando cualquier estupidez. No suelo contestar y directamente los invito al departamento. Mantener una conversación con un tipo que acabo de conocer en una barra me parece una pérdida de tiempo.

Los que saben cómo soy se sorprenden y siempre intentan dar una explicación a mi forma de actuar, incluyendo los que en secreto piensan que soy una adicta al sexo que tiene que ingresar en una granja de Texas. Realmente, no. Todo es mucho más sencillo: me gusta el sexo y no tengo ganas de complicarme la vida con una pareja porque sola me encuentro fenomenal. No he de soportar el aliento mañanero de nadie, ni que me controle los horarios, ni que mee fuera de la taza, ni… Eso por no hablar de niños moqueantes y otras consecuencias lógicas que conlleva la pareja estable… Me valgo y me sobro… Según mi hermana, es que aún no me he enamorado. Pues bueno.

Quizá suene muy fría la forma en la que he resumido mi vida sexual, pero puedo asegurar que no lo es. Aunque suele tener sus pros y sus contras… Cuando te acercas al chico que te gusta y responde a tu insinuación, en muchos casos, el sujeto suele creer que eres una golfa adicta a los estupefacientes o algo similar. Es lógico en esta sociedad machista: no se ha mantenido conversación alguna ni ha dado tiempo a tontear a través de insulsas preguntas y respuestas que suelen ser parte del cortejo. Ese rollo me lo salto. Con tan pocos datos, no es raro que algunos hombres del pleistoceno sospechen que estás desequilibrada. Y, si tienen esa imagen de ti, tienden a penetrarte, venirse y salir huyendo. Pero de eso nada.

Para evitar el inútil derramamiento de semen, cuando invito a un señor a mi departamento, lo primero que hago es explicarle mi idiosincrasia:

—Me gustas mucho y quiero mantener relaciones sexuales contigo. Pero busco un acostón difícil de olvidar, porque yo lo voy a dar todo. Te voy a hacer gozar como nunca nadie lo había hecho antes. Si estás cansado o crees que hoy no es tu día, mejor que lo dejemos.

Me ha llegado a ocurrir que el tipo se ha venido antes de que acabara el discurso, pero, por lo general, me da bastante buen resultado y los muchachos intentan quedar a la altura. Imagino que por una cuestión de ego.

Como decía, muy al contrario de lo que pueda parecer, nada tiene que ver mi racionalidad para llegar hasta la cama con la pasión que desarrollo en ella. Me interesan todos los juegos, sin excepción: me encanta que me penetren analmente, algo que suele sorprender a muchos hombres y que, para los que no lo han probado, supone un descubrimiento, adoro practicar todas las posturas existentes... Y las que no existen me las invento. Me pierden las felaciones y contemplar la cara de un hombre loco de placer... Y creo que soy magistral moviéndome sobre un hombre. Sentarme sobre ellos es mi licencia para que tengan un orgasmo que no van a olvidar. Y entonces yo los sigo, muchas veces, con orgasmos que me duran minutos... Me lo paso realmente bien.

Después del acostón, si es guapo, charlo un rato con ellos, pero me suele vencer el cansancio y prefiero que se vayan cuanto antes a sus hogares. Es raro que me interesen para algo más, pero, si es así, no tengo problema en salir con el sujeto, aunque hasta ahora ninguno me ha gustado lo suficiente para ser el único. ¿Llegará ese día? De momento, pienso seguir con el *casting*...

Patricia disfruta de su sexualidad sin preámbulos. Los únicos preliminares que sigue son los que llevan a alcanzar el clímax durante el acto sexual. No le hace falta activar ningún mecanismo afectivo, su instinto señala lo que quiere y se lanza por ello, algo que, según sus palabras, le ahorra muchos problemas. Para la protagonista de esta historia, parece positivo vivir sin vínculos afectivos, pero ¿es la desafección un modelo de comportamiento? Probablemente, para quien lo elige como modo de vida lo sea, pero para un gran número de mujeres los sentimientos son de gran valor a la hora de activar el detonante sexual y vitales. ¿Y si su actitud ante el sexo estuviera condicionada por el temor a los sentimientos, a demostrar afectividad? Si fuera así, a la larga supondría un problema para su vida, algo a lo que debería poner solución.

En cualquier caso, ella afirma ser feliz sin lazos afectivos de pareja. Por supuesto, hemos pasado por alto que Patricia sufra síntomas de hipersexualidad y necesite de forma compulsiva el sexo: ella no parece tener relaciones sexuales que dejen restos de insatisfacción, ni se sospecha en su relato una pasada represión sexual que ha desembocado en esta conducta, simple y llanamente disfruta de la sexualidad sin necesidad de ataduras.

No olvidemos que, por desgracia, para muchas personas la práctica desinhibida del sexo en una mujer es un inequívoco síntoma de ninfomanía, algo muy lejano de la realidad, pero que sigue operando en la mente de quienes no son capaces de ver más allá de su propio modelo de sexualidad, sea este cual sea.

Hay que subrayar en este relato los puntos en los que se habla del entorno: sus amigas no siguen sus mismas pautas sexuales, algunos de sus amigos creen que es una «adicta al sexo», su hermana lo achaca a que «todavía no se ha enamorado» y cuando «elige» un hombre siente que ha de explicarle su «idiosincrasia» como ella misma puntualiza.

Una vez más, volvemos al origen de este libro: esas dificultades que muchas mujeres reales sienten a la hora de liberarse de sus prejuicios vienen dadas por la opinión que los demás tienen de su forma de ver la sexualidad. Si una mujer como ella, con su tono liberal, percibe esos escrúpulos, qué no sentirá la que aún no ha salido del clóset de su íntima represión...

Segunda parte

EXCITACIÓN Y FANTASÍAS

Superada la fase de la «preparación», hemos encontrado el *punto* de deseo que nos empujará al sexo, a la excitación sexual. Y aquí nos vamos a detener para desarrollar uno de los fenómenos de los que más se habla tras la nueva explosión erótico-literaria: las fantasías sexuales.

Técnicamente podemos decir que son una representación en nuestra mente de lo que nos agrada, de nuestros deseos íntimos, conscientes o no. La excitación que produce esta puesta en escena mental puede ayudar mucho en el logro de una mejor vida sexual. Y si bien el hombre es más proclive a este tipo de hábitos, la mujer también hace uso de ellos, aunque no del mismo modo.

Antes de adentrarnos en el mundo de las fantasías, debemos tener muy presente que siempre nos referiremos a deseos sexuales íntimos que logran un acercamiento al placer, que facilitan la vida sexual. Probablemente, existan casos de féminas que, por desgracia, sufran la soledad, incomprensión e incluso el distanciamiento de su pareja, y por ello hagan uso de la imaginación. Por supuesto no tiene por qué ser así: la fantasía es un vehículo para el placer, un complemento que ayuda en el camino hacia el clímax. El hecho de reforzar la relación con estas representaciones no tiene por qué significar un fracaso de pareja. Considerémoslo como un complemento más para el disfrute.

En los últimos tiempos se ha disparado el número de féminas que se atreven a jugar con fantasías. Como ya mencionábamos anteriormente, en un estudio realizado hace algunos años por la Universidad de Montreal, las mujeres alcanzaron a los hombres en lo que a sueños eróticos se refiere, algo que pone de manifiesto que el cerebro de la mujer o se ha liberado para soñar, o lo ha hecho para verbalizar esos sueños sexuales involuntarios. No solo eso: la fantasía es tan importante para ambos sexos que suele aparecer en las encuestas sobre sexo de forma habitual. Por ejemplo, en los informes anuales sobre bienestar sexual realizados por Durex, se desprende que la fantasía sexual mayoritaria en España es tener sexo con más de una persona a la vez. En la encuesta realizada en 2012 entre 462 hombres y 489 mujeres, aparecían diversas prácticas que no formaban parte de la actividad sexual habitual, pero que a los encuestados les gustaría practicar. El sexo con varias personas simultáneamente iba seguido del *striptease* y de las fantasías propiamente dichas. Después aparecen los masajes, el sexo anal, el *bondage* o el sadomaso… Pero la excitación a través de las representaciones mentales son muy frecuentes: en un estudio anterior se afirmaba que el 63 por ciento de la población hacía uso de las fantasías para aumentar la libido…

Internet, portales web, blogs… Hasta las revistas femeninas han creado secciones específicas en las que la sexualidad de la mujer es protagonista: *Cosmopolitan* contiene en su sección sobre sexualidad una gran variedad de artículos en torno a las fantasías. Otra publicación que se ha acercado desde su editorial al mundo de la imaginación sexual es *Elle*, gracias a su sección de «Sex Coaching». La revista *Glamour, AR, Mia, Ragazza*… Para cada estilo de fémina, estas publicaciones y otras muchas han ayudado con su trabajo a que las mujeres y su deseo se sienten frente a frente, asumiendo la nueva sexualidad de estas mujeres renovadas a las que les apetece experimentar con nuevas prácticas… De hecho, el sexo duro es uno de los grandes descubrimientos creados por la nueva moda del erotismo literario y no es extraño encontrar publicaciones repletas de artículos que, incluso, recomiendan cómo emular los juegos de Grey de forma segura… Sí, hemos pasado de la cena romántica con mariachis al látigo de nueve puntas en muy poco tiempo, algo que por supuesto analizaremos en esta fase del libro.

Pero las fantasías no solo tienen como protagonistas a señores que te atan las manos a la cabecera de la cama y te ponen a todo volumen un disco de Melendi. No. Existen muchas representaciones, de muy diversa índole e intensidad, que no resultan tan extremas.

Los expertos dividen las fantasías en diversas subcategorías, y aunque no existe un esquema referencial *académico*, sí podemos hacer uso de las divisiones existentes para centrar nuestro viaje en busca del *punto*. El sexólogo catalán Antoni Bolinches en su libro *Sexo sabio* las divide en fantasías exploratorias, sustitutorias y parafílicas. Mientras tanto, en *La guía de la sexualidad*, dirigida por el catedrático Francisco Labrador, la clasificación habla de fantasías intimistas, exploradoras, fetiches y BDSM. Inspirándonos en esta última clasificación, conozcamos mejor cada categoría. Para ayudarnos, utilizaremos unos sencillos y gráficos ejemplos.

- **Fantasías intimistas:** se centran en el sujeto que les provoca el deseo.
  Marisa es una mujer que se excita pensando en su asesor fiscal.
  Marisa siente una poderosa atracción sexual hacia su asesor fiscal. La sola presencia en sus fantasías hace que se excite, que le facilite la estimulación y llegada al orgasmo. Este tipo de fantasía es una de las más habituales entre las

féminas. Actores, hombres presentes en el entorno cercano, amores imposibles, el recuerdo de viejas relaciones… Estos «objetos» provocan en la mujer el deseo y, en consecuencia, la reacción sexual.

- **Fantasías exploradoras:** la excitación llega a través de la acción en situaciones inauditas, lugares extraños, con encuentros inusuales, intercambio, tríos…
  Marisa es una mujer que se excita pensando que mantiene sexo en las barcas del Retiro con su asesor fiscal. Y, además, con todos los compañeros de su club de frontón.

  Las más comunes de estas fantasías son las que se refieren al *swinging* (intercambio de parejas), sexo grupal, relaciones con personas del mismo sexo… Por lo común, representaciones de lo desconocido, del deseo de esa mujer de explorar un mundo sexual nuevo que nada tiene que ver con el que vive en su día a día. Otro aliciente importante en estas intrépidas exploradoras es la utilización de lugares extraños para sus juegos, como la Dirección General de Tráfico, por ejemplo.

- **Fantasías fetichistas:** la excitación provocada por determinados objetos o sustancias y partes del cuerpo.
  Marisa es una mujer que se excita pensando en los calzoncillos de su asesor fiscal.

  Marisa se excita pensando en los calzoncillos de su asesor fiscal, pero podría haberse inspirado en cualquier otro objeto. Además, en este caso, se podría dar otro elemento motriz de la excitación: el olor que desprenden los calzoncillos del asesor fiscal de Marisa. Puede que para muchas personas resulte algo repulsivo, pero hay quien se pone a 2550 con dicha experiencia olfativa.

Estas fantasías fetichistas suelen ser muy amplias y englobar un variado abanico de praxis: estimulación con pies, con orejas, con un uniforme determinado, un color de pelo... Incluso la visión de alguien enyesado puede despertar los instintos sexuales de algunas personas. Lo comprobaremos más adelante.

- **Fantasías de sexualidad extrema no convencional (BDSM):** como bien explica el término, son representaciones que se inspiran en escenas relacionadas con dicho movimiento, además de recrearse en elementos sádicos, masoquistas y otras disciplinas que pertenecen al grupo del BDSM. Ya veremos a su debido tiempo a qué corresponden estas siglas...

  Marisa es una mujer que se excita mientras piensa cómo pisotear los testículos de su asesor fiscal con un afilado tacón de aguja.

  Excitarse con el dolor propio o causando dolor al otro es parte de una liturgia sexual que viene de muy antiguo. A este tipo de actividades se lo denomina sexualidad extrema no convencional (BDSM) y engloba una serie de praxis que no solo comprenden el sadomasoquismo, sino un inmenso abanico de prácticas que ampliaremos con posterioridad.

  Gracias a Grey, se ha puesto de moda el *bondage* (atamientos sexuales en una persona) y las escenas sado-maso, pero lo cierto es que el mundo del BDSM es mucho más complejo y peligroso que el que puede mostrar una novela subida de tono.

Fetichismo, exploración, sexualidad al límite... Y, sobre todo, la fórmula que ha originado esta corriente capaz de que mujeres antes exánimes en lo sexual hayan vuelto a la vida o iniciado una nueva visión de su relación con el sexo. Ahora se atreven sin miedos a experimentar con sus íntimos deseos, con imágenes que adoptan miles de formas, tantas como la imaginación abarca. Sumerjámonos entonces en sus fantasías y conozcamos lo que hace que el *punto* de deseo se convierta en impulso sexual. ¿En qué se inspiran las mujeres? ¿Qué es lo que las provoca y excita? ¿Qué «representación de imágenes» reproducen en su mente? A través de historias y relatos basados en experiencias únicas, recorramos el increíble mundo de los secretos más íntimos e inconfesables de las mujeres. Eso que no se atreven a contar y que a los hombres les gustaría saber... Pasen y sientan...

A

FANTASÍAS INTIMISTAS

El objeto del deseo. Ese hombre poderoso que te lleva en su globo aerostático a comprar toallas a Portugal, el actor con el que te escaparías en lancha, o ese al que solo tú ves atractivo pero que cuando te mira te obliga a salir corriendo en busca de una farmacia para tomarte la presión. En este tipo de fantasías, el inductor de nuestro deseo es el hombre en sí. Pero hay muchos detonantes diferentes. Conozcamos algunos de los más comunes.

5

LA ERÓTICA DEL PODER

El erotismo del poder es sin duda uno de los mecanismos que más incitan al sexo. Ya lo apuntábamos con anterioridad: en la mayoría de los casos, si el protagonista de *50 sombras de Grey* fuese tornero fresador, probablemente la historia jamás habría llegado a buen puerto.

Digamos que Grey es un macho alfa, un individuo de nivel social muy alto y economía desahogada. Pero la atracción por el macho alfa no es nueva; en la prehistoria (y aún hoy en algunas especies), él era el encargado de fecundar a unas sumisas hembras cuyo instinto buscaba la protección y mejora de la especie: el poderoso, el más fuerte, el que sobresale entre el resto es el que cautiva a la hembra. Ahí es nada. Dejando asuntos antropológicos aparte, muchas de las mujeres de las que tratamos en este libro caen rendidas ante ese hombre que sorprende con las más sofisticadas situaciones y demostraciones de sus excelencias.

¿Qué mujer no se siente atraída por un señor increíblemente atractivo y rico que le ata todo el cuerpo con una soga y le mete una pelota de goma en la boca? Pues yo no. Gracias a la providencia, no todos los señores poderosos o de alto poder adquisitivo sienten deseos de asarte en un horno crematorio como si fueras un cordero. Los hay que con invitarte a una copa y «echar un palito» ya tienen más que suficiente para satisfacer su sexualidad. Pero esos parece que tienen menos *charme*… Hoy día se ha producido un fenómeno sorprendente: muchas mujeres se han creado un prototipo de hombre poderoso que domina a la hembra, y ese concepto es el que las motiva. Dejemos a ese señor para más tarde, ahora trataremos de las fantasías intimistas inspiradas en individuos que NO te ponen una bolsa del súper en la cabeza hasta dejarte sin respiración. Menos mal.

Teresa. Veintinueve años. Peluquera

Trabajo en una peluquería de cierto renombre y a muchos clientes les cortamos el pelo en su propio despacho. Con mi maletín he llegado a visitar las sedes más famosas del país y he conocido a hombres muy ricos e importantes. Hace unos meses, el dueño de una de las empresas a las que prestamos servicio falleció, y su hijo, al que yo no conocía, se hizo cargo de los negocios.

Enseguida me percaté de que era un hombre muy atractivo. Tenía el pelo negro y demasiado largo para mi gusto, su complexión era atlética sin exagerar y en su boca lucía unos dientes increíblemente blancos. También tenía una pequeña cicatriz partiéndole el labio que pensé que podía haber corregido, siendo tan rico. Pero no fue su físico lo que llamó mi atención. Fue su forma de moverse, de hablar, de «manejar» la situación lo que me cautivó. Todo él rezumaba seguridad y poder: ante sus trabajadores, ante sus estrechos colaboradores, con las mujeres con las que trataba. Él dominaba el juego, y eso se notaba y lo hacía muy atrayente.

Yo, al abandonar su despacho, borraba cualquier atisbo de atracción por aquel hombre. Era como si me inyectaran el «suero del olvido»: él desaparecía de mi mente y yo volvía a mi vida de tijeras y peines.

Durante un tiempo seguí arreglándole el pelo con asiduidad y siempre conseguía mi admiración... Sus manos, sus zapatos, sus gestos, la suavidad con la que se acercaba... Al final, fue entrando en mis fantasías de una forma involuntaria.

Al principio, solo se trataban de pensamientos que me acompañaban mientras mi novio veía un partido de futbol... Me imaginaba siendo una de esas mujeres a las que telefoneaba mientras yo le recortaba las patillas. «Primero me recoge con su flamante Porsche y me lleva a cenar a un restaurante de lujo. Y en medio de la cena se lleva la mano al bolsillo y saca un precioso anillo de brillantes y...»

Gol. Un aspaviento de mi novio durante el partido me rescataba de aquella absurda fantasía...

Más tarde, los pensamientos se convirtieron en algo más... íntimo. «Una semana maravillosa en Castellón. No, Castellón no, mejor Maldivas. Una semana maravillosa en Maldivas. Yo estoy tomando el sol y de pronto él se sienta a mi lado y peligrosamente se acerca a mis labios para besarme y...»

Gol.

Hasta entonces, las fantasías no habían sido más que cuentos de princesas embelesadas con un hombre poderoso. Pero una noche, haciendo el amor con mi novio, de pronto, apareció él. Sentí que el que me estaba agarrando las nalgas mientras cabalgaba no era mi pareja; era ese hombre seguro e imponente que me acariciaba con una firmeza que hacía que saltaran chispas. Y lo intenté, pero no pude quitármelo de la cabeza, regresaba una y otra vez a mi mente: era él el que me cogía con actitud posesiva mientras mi pobre novio se mataba en que yo me viniera. Podía notar cómo tenía el mando, cómo me cogía la cintura, cómo me movía sobre él, cómo hasta el pene de mi novio era distinto dentro de mí, y de pronto era como si me hubiese trasladado a otro lugar. Aquella no era nuestra habitación con la foto de nuestros pastores alemanes enmarcada en la pared; era un gran hotel a orillas de la playa. Podía sentir el olor del mar, el perfume de las flores tropicales, las sábanas de lino... Sí, estaba cogiendo en un lugar maravilloso donde aquel hombre me daba un gran placer.

Me echó hacia atrás y comenzó a masajear mi clítoris, con los ojos cerrados, podía ver su rostro de placer ante mis embestidas, su boca entreabierta y esa cicatriz que tan antiestética me parecía me resultó lo más *sexy* del mundo. Me lancé sobre ella para besarla, busqué sus labios con mis ojos cerrados y en un húmedo y largo beso sentí cómo se acercaba una ola inmensa. Me incorporé y entonces llegó. El mejor orgasmo que había tenido en muchos años.

Mi novio, ajeno a mis pensamientos, se sintió muy satisfecho y yo no puedo negar que logré muchos puntos por aquella fantasía. Jamás se lo diré. Las primeras veces me sentía inmensamente culpable, como si estuviera siendo infiel a mi pareja, pero ahora forma parte de mis secretos y ha mejorado mi vida sexual. Sí, el todopoderoso hombre de la cicatriz me acompaña cada noche de sexo y somos los tres mucho muy felices…

En apariencia, Teresa no está dispuesta a compartir esta intimidad con su novio. Reconozcamos que existen pocos hombres que arman una fiesta cuando les dices que necesitas pensar en Bruce Willis para poder llegar al orgasmo.

En el caso de nuestra protagonista, la fantasía ha ido *in crescendo*, ha «conocido» al personaje siguiendo unos pasos y más tarde se ha entregado a él, claro ejemplo de lo que subrayábamos anteriormente: primero ha necesitado «el deseo» y luego se ha producido la respuesta sexual. Y, por lo que asegura, una respuesta sexual muy positiva.

Los factores han sido determinantes: el aire sobresaliente de él, su apabullante personalidad unida a su atractivo físico lo han convertido en un claro objeto de deseo. No solo el dinero lo ha transformado en sujeto interesante —de hecho, nuestra amiga dice asistir a muchos más empresarios—: es el aroma de poder que él desprende, su fuerza «ante la manada», su liderazgo lo que lo ha seducido. Sentirse «protegida» por ese ser poderoso. En su fantasía, él la ha elegido para ofrecerle placer y este hecho proporciona a Teresa la satisfacción de sentirse especial.

Si esta fantasía se ha convertido en condición sine qua non para su sexualidad, quizá debería analizar su relación. Es probable que exista cierto distanciamiento, que su vida en pareja se haya estancado... Ya sea porque se ha acabado el deseo y él no la estimula o por una cuestión de aburrimiento vital en la relación, parecen amigos que comparten cama. Este particular podría llegar a ser un inconveniente si pensar en el otro es la única forma de llegar al orgasmo. El problema no es que se fantasee con otros, el problema radica en no hacerlo nunca con su pareja. También surgiría otra problemática si se deseara que la fantasía se hiciera realidad... Entonces sí sería un obstáculo para la pareja. Desgraciadamente, dentro del perfil que se estimula con este tipo de fantasías, no es nada extraño que surja la equívoca sensación de enamoramiento y que las damnificadas por ese sentimiento sufran lo indecible. Y mucho más sus amigas, no hay nada más tedioso que soportar a una mujer enganchada a este tipo de relaciones, casi siempre imposibles. A no ser que el individuo en cuestión muestre evidentes signos de interés, es mejor dejarlo como está: en una gratificante fantasía.

Dicho esto, solo cabe esperar que ese señor poderoso y atractivo haya conseguido su imperio de forma honrada y no acabe en manos de la justicia por corrupción, estafa y malversación de fondos públicos, imputaciones tan en boga actualmente.

Pero hay otros «poderes» como ya hemos hablado. El físico puede ser capaz de hacer que una mujer se vuele por un hombre. En la fantasía que nos ocupa a continuación, el individuo tiene un poder muy «jovial»...

Bego. Cincuenta años. Profesora

Nunca imaginé que esto podría sucederme a mí. Llevo como docente veintidós años y nunca, lo juro, nunca pensé que podría atraerme un mocoso de diecinueve. Pero me ha sucedido, y eso no es lo peor. Tony es el más conflictivo, el que más problemas da al resto de profesores y compañeros, el repetidor, el galán de la clase... Y eso es lo que me atrae de él.

La primera vez que lo regañé por fumar en el aula durante un examen, se me encaró... Muy lejos de intimidarme con su arrogancia, surgió en mí un nerviosismo, una exaltación que tenía más que ver con la excitación sexual que con el temor a un alumno bravucón.

No puedo evitar espiarle durante los recreos, me irrito si no acude a las clases e incluso se lo recrimino, pero no porque pierda el curso..., sino porque quiero que esté allí presente. Quiero verle y, aunque apenas me atrevo a mirarle por miedo a que descubra algo en mis ojos, me gusta sentirle cerca. Él sabe que tiene algo especial que atrae a las mujeres, algo que le convierte en líder de su grupo y que se traduce en su forma de hablar, de andar, de moverse, de actuar... Dudo mucho que llegue a ser uno de los mejores científicos de la historia, pero, si sabe canalizar ese atractivo que desprende, podrá llegar lejos. Aunque dudo que sepa hacerlo, es carne de cañón... Eso también me excita sobremanera, sus formas son todo lo contrario a las de un chico bien educado, pero me encanta escuchar sus groserías. Le hacen irresistiblemente masculino.

Durante el recreo, los jóvenes suelen esconderse en el parking del colegio para fumar y meter mano a las chicas, un lugar que se divisa perfectamente desde la ventana de mi aula. Una mañana, durante el recreo, Tony estaba fumando, moviéndose con esos gestos que le hacen aún más viril y que le son innatos, que no son una pose. Junto a él una jovencita muy guapa se hacía rizos en el pelo, coqueteando. Y él se dio cuenta de que yo estaba en la ventana. Sin dejar de mirarme tiró el cigarro, cogió por la cintura a aquella muchacha y comenzó a besarla de forma obscena, sin dejar de mirarme. Era como si me estuviera mandando un mensaje. Por un momento me quedé paralizada ante aquella mirada intensa, pero inmediatamente me recobré, di un paso hacia atrás y bajé la persiana de un manotazo. Mi cuerpo reaccionó de tal modo ante aquella provocación que me tuve que apoyar en una de las mesas para tomar aire. Un nudo extraño se me hizo en el estómago y tardé varias horas en recuperarme. ¿Por qué me miró de aquel modo? ¿Fue solo para provocar a la inquisitiva profesora o había algo más? No podía quitarme la idea de que aquella forma de observarme era algo más, que aquel beso me lo dedicaba a mí…

Lo había estado evitando durante semanas, quizá meses…, pero esa tarde, tras llegar a casa, no pude contenerme. Me metí en el baño, eché el cerrojo y sentada en el escusado empecé a pensar que yo era aquella joven de pelo largo a quien besaba, a quien entregaba su lengua, su suave lengua. Imaginé que jugábamos largo rato con nuestros labios y que luego bajaba por mis pechos, por mi estómago hasta llegar al sexo. Allí, en el parking del colegio, cerca de todos los profesores, a pocos metros del escándalo. Y me encantó imaginar cómo me acariciaba la vagina sin dejar de mirarme a los ojos con la misma fuerza que esa misma mañana. Y de nuevo sentía su mirada, sus dedos, su lengua hasta llegar a un intenso orgasmo.

Esta no fue una fantasía aislada y, aunque masturbarme pensando en él me produce un placer muy intenso, al terminar me siento sucia. Como una vieja depravada. Sucia.

Ahora solo espero que acabe pronto el curso, que Tony abandone el colegio y que este pensamiento obsceno se vaya. Estoy segura de que echaré de menos su presencia, las ganas de acudir al colegio, incluso de arreglarme no sé con qué ridícula esperanza… Y, sí, echaré de menos los nudos en el estómago y sus miradas eternas… Pero quiero que se vaya…

Absoluta liberación. Eso es lo que siente Bego en los instantes en los que se deja llevar por su libido. Esta actitud responde a esa necesidad de romper la norma, de alejarse de la traba que le ha supuesto una educación estricta tanto en lo social como en lo moral. Probablemente, Begoña tenga un alto grado de control en su vida, y con esta fantasía tan lejana a la personalidad que se ha construido logra huir, alejarse y ser libre. Aunque, lejos de disfrutar de su libertad, tomar lo positivo de su descubrimiento y disfrutar con la fantasía, a Begoña le puede más el sentimiento de culpa...

También son importantes el perfil dominante del muchacho y su fuerte personalidad, tan distinta a la de Begoña. Ella podría ver en estas actitudes tan poco correctas del joven Tony un imán irrefrenable, la atracción de lo prohibido, el «niña, eso no se toca»... Probablemente, ha visto en esta joven promesa del atraco a mano armada un vehículo de su placer, un escape a esa represión que arrastra. Si nos fijamos en profundidad, en su fantasía también hace referencia a los pocos metros que la separan del escándalo; este puede ser otro motivo de excitación, que subraya ese «algo prohibido» del que hablamos.

Pero además, por algunos apuntes que nos da la protagonista, quizá exista algo más que una pura atracción sexual. Tony no parece ser solo un instrumento para su placer... Se podría decir que este individuo ha despertado algo más que la respuesta sexual de ella confundiendo el deseo con otro sentimiento. En ese caso, no solo es una fantasía, hay una necesidad oculta de llegar más allá, algo que complicaría bastante la trama y se aleja de las cuestiones que tratamos.

Si este es el hombre que facilita el *punto* a nuestra Begoña, recemos para que su siguiente fantasía no se inspire en un asesino de masas. Con ese sí que el sentimiento de culpa sería harto desagradable...

6

FANTASÍAS ROMÁNTICAS

Las fantasías abarcan muchos y muy variados estilos. Hay mujeres que se excitan pensando en que su pareja las obliga a comerse un foco de 120 voltios y otras que encuentran atractivo en un chino de noventa y cuatro años. Y es que el campo de las recreaciones sexuales es muy diverso; tanto que quizá haya mujeres que se sientan acomplejadas, no por lo inusitado de sus propias fantasías, sino porque lo que a ellas les excita es, simplemente, unas bonitas palabras, un detalle inesperado… Cierto, que te regalen un osito de peluche con tu nombre puede que no desate las pasiones más frenéticas, pero todos los estímulos tienen su *punto* y, si estas mujeres lo hallan a través del romanticismo o las cusrsilerías, bien hallado está. Por supuesto, este estímulo suele tener que ver con la necesidad de imaginar aquello que no se tiene en la relación, probablemente existe una carencia en la expresión del afecto que al final se manifiesta en forma de fantasía. Sí, en algunos casos, como veremos, cualquier muestra de humanidad en el otro es algo del todo sorprendente y, por lo tanto, estimulante.

Amaia. Treinta y un años. Auxiliar de pediatría

Tengo pareja estable desde hace muchos años y, la verdad, nuestra relación es bastante buena: compartimos aficiones, nos divertimos mucho juntos, nuestra vida sexual es correcta… Todo va bien, excepto por algún pequeño matiz que, aunque me cueste reconocerlo, existe. Es un tacaño. Sí, me resulta muy duro reconocerlo, pero es un tacaño, un miserable, un agarrado. Por ejemplo, es incapaz de hacer un regalo. Según él, porque odia regalar los días señalados, como cumpleaños, Navidad o San Valentín, y lo que le gusta es sorprender cuando no te lo esperas, pero lo cierto es que al final jamás te sorprende. Seis años llevo esperando la sorpresa. Y lo de salir a cenar… «es tirar el dinero teniendo el refrigerador hasta los topes…». Después de tanto tiempo, el detalle más romántico que ha tenido conmigo es apretar el botón del lavavajillas. Sí, mi chico es un tacaño.

Pero lo peor, lo más grave, lo que realmente me entristece: es roñoso en los sentimientos. Es incapaz de decirme nada que tenga que ver con el amor, el cariño, la pasión… Muchas veces lo hemos hablado, pero, para él, «eso es de maricones» y con el romanticismo «sube la glucosa». Y yo soy una mujer tremendamente romántica…

Mi compañera de trabajo es una chica a la que le sucede todo lo contrario. Siempre me habla de los restaurantes donde su novio le ha llevado a cenar, los detalles que tiene con ella, los regalos, las notas de amor que le deja en el refri cuando se va a trabajar… A veces, incluso le envía flores a la guardería con preciosas tarjetas… Y yo no puedo evitar envidiarla. Es todo tan bonito…

Nunca pensé que esta actitud de mi novio podría afectar a mis relaciones sexuales con él, pero así sucedió con el tiempo. Supongo que al principio son pequeños detalles que intentas obviar, pero cuando una relación ya lleva años… Todo sirve para hacer que se mantenga la llama y, claro, a mí me faltaba algo que consideraba muy importante: el romanticismo.

Así que comencé a fantasear mientras cogíamos. Porque eso de «hacer el amor» era de cursis. Durante los prolegómenos me imaginaba que estábamos rodeados de velas que él había puesto por la habitación... En mi fantasía, acabábamos de regresar de una cena increíble en un restaurante muy íntimo... Y, cuando entrábamos en acción y él me penetraba, imaginaba que pronunciaba las frases más románticas del mundo. Teniendo en cuenta el carácter parco de mi novio, la cosa fue poco a poco; comenzar mis fantasías con un «Te amo, daría mi vida por ti» hubiera sido como intentar excitarme con algo tan irreal como *Winnie the Pooh*.

Primero empecé imaginando que me susurraba un tímido «Me gustas mucho, qué buena estás»... Luego pasó a un «Me estoy empezando a enamorar». Más tarde añadí un «Te quiero». Hasta llegar a frases más importantes, del tipo «Eres el amor de mi vida, cariño, te amo, no me abandones...».

Pensar eso hacía que me recorriera un latigazo por todo el cuerpo y me resultaba muy fácil lograr el orgasmo, algo que hasta entonces solía costarme bastante y que terminaba en una masturbación manual al ritmo de sus ronquidos.

Cuando mi compañera me contaba su maravilloso y romántico fin de semana, yo me quedaba con lo que más me interesaba para mi particular fantasía y, llegado el momento, lo utilizaba en mi provecho. Así que las fantasías fueron evolucionando y aquel modesto «Me gustas mucho» del principio quedó en el olvido. Tanto que, una noche, me sorprendí a mí misma pensando en que mi novio pronunciaba esta frase: «¡Dime que te vas a casar conmigo! ¡Dime que te casarás conmigo, mi amor!».

Algo absolutamente sorprendente, ya que yo jamás me había planteado casarme. Pero aquel pensamiento me excitó muchísimo, era como si él fuera del todo mío y eso me motivaba mucho más.

Ahora, gracias a esa «ayudita», incluso creo que mi novio es diferente a como aparenta y que en el fondo, piensa esas frases tan románticas que imagino… Si él supiera de mis pensamientos, se hacía análisis de diabetes. Seguro.

He aquí una mujer a la que le excita el romanticismo. Evidentemente, es algo de lo que carece en su vida diaria y que para ella es importante, por eso le estimula pensar en que el ser que ama le corresponde con palabras. No dudamos del amor de él hacia nuestra protagonista, pero las formas de demostrarlo de ambos son bien distintas. En este caso, Amaia ha encontrado a través de la imaginación una fórmula para llevar mejor esa falta de ternura que le caracteriza…

En cualquier caso, la fantasía que ocupa los pensamientos de Amaia no solo son palabras bonitas que ella espera oír. En realidad, va mucho más allá: para ella es la traducción de que ese hombre de parcos sentimientos es suyo, de su total propiedad, algo sumamente excitante para muchas mujeres. Sin entrar en profundidades, es muy posible que en el subconsciente de nuestra protagonista haya una sombra de duda ante los sentimientos de su pareja. Imaginar que esos sentimientos se publican, se verbalizan, disipa el interrogante, toca el *punto* de Amaia y acciona su excitación.

Ya hemos conocido las fantasías de nuestra amiga, ahora, por lógica sucesión de pensamientos, solo le queda excitarse con la frase: «¡Tengamos dos niñas preciosas! ¡Tengamos dos niñas preciosas!»… Algo que, dado su historial, podría suceder en breve.

7

JÓVENES PROMESAS

La iniciación al sexo también es un aliciente importante para la producción de fantasías sexuales. Sobre todo en las más jóvenes. Pero ¿qué es lo que estimula a este grupo de mujeres? En la mayoría de los casos, por su inexperiencia, se inspiran en el entorno más cercano, y suelen enfocar su deseo en individuos concretos como personas con las que mantienen cierto contacto, actores famosos...

Gina. Diecinueve años. Estudiante
Hace unos meses que me masturbo pensando en mi profesor de Introducción al Derecho. Es un hombre de unos cuarenta y tantos años pero que tiene un gran atractivo. Al principio, por supuesto ni me fijé en él, y menos cuando se dirigía a mí por mi apellido con tono inquisidor si alguno de mis trabajos no le gustaba. Gracias a uno de esos trabajos, comencé a fijarme en él como algo más que un hueso duro de roer. Tras entregar un pésimo examen, el profesor me indicó que me quedara al acabar la clase y yo obedecí. En realidad, no sucedió nada, me acerqué a su mesa y allí me estuvo explicando los fallos que había cometido, bastantes por cierto, para aca-

bar en una especie de consejo paternal en el que se incluyeron frases como «Si sigues así, no vas a sacar la materia». Por supuesto, yo me limité a asentir y a dejarle claro que mejoraría en mi actitud. Pero me llamó la atención que, a pesar de que había muchos exámenes con nota deficiente, fuera yo la única a la que se dirigiera.

Desde aquel momento, comencé a mirarle con otros ojos. Incluso su físico, hasta entonces invisible, empezó a parecerme «interesante»... Me había hecho sentir «especial» y eso yo lo traduje en una atracción.

Es ahí donde comienzan mis fantasías con él. Casi siempre arrancan como el día en el que me pidió que me quedara tras la clase. La escena es exactamente igual. Lleva la misma ropa y yo también. El lugar es exacto y la conversación se inicia de igual modo... Pero, a partir de un punto, comienza la fantasía.

A veces él empieza a tocarme las nalgas, metiendo la mano por debajo de mi falda, al principio yo me siento desconcertada e intento disimular. A pesar de que sus dedos comienzan a acariciar mi sexo por encima de las pantis, es como si no sucediera nada, ambos fingimos y seguimos hablando sobre el examen. Pero yo siento cómo me manosea, cómo mueve su mano desde el clítoris hasta el trasero. Y sigue hablando mientras yo me deshago con sus caricias. Cuando aparta la tela de las pantis y sus dedos entran dentro de mi coño, entonces es cuando yo me abandono, abro tímidamente mis piernas y él explora mi sexo con sus dedos. Sutilmente va buscando mi agujero, lo encuentra, se escapa hacia el clítoris, luego vuelve a él y entra despacio. Hasta que me vengo.

Otras veces me sienta encima de la mesa y me abre las piernas. Bien separadas, mi tanga queda a la vista y parte de mi sexo también. En esta fantasía él va muy despacio, todo es como a cámara lenta... Comienza a acariciarme desde los tobillos, pasa por mis rodillas, llega a los muslos, a la cara externa. Después a la cara interna. Esto me produce gran excitación, esperar a que él llegue a mi sexo. Y pasa sus manos por mis ingles y después se coloca detrás de mí. Desde allí, baja con su mano por mi cuello. Llega a los pechos, pero no directamente, es como un viaje eterno por mi cuerpo que mantiene mi excitación al límite. Sigue bajando para después subir de nuevo a las tetas, pasa sus dedos por mis pezones y regresa al estómago, desciende al ombligo, al pubis… Introduce su mano por debajo de la tanga y, en cuanto acaricia mi clítoris, llego al orgasmo.

En alguna ocasión, he intentado integrarlo de otro modo en las fantasías, con felaciones o incluso con coitos, pero enseguida me escapo de esas ensoñaciones; no me excitan las escenas en las que aparece su miembro, más bien me intimidan. Me pregunto por qué; aunque aún no he mantenido relaciones sexuales completas con ningún hombre, no me importaría hacerlo. Lo cierto es que, de momento, me satisfacen este tipo de pensamientos con mi profesor y mis orgasmos ahora son mucho más satisfactorios. ¡Ah!, y la materia va viento en popa…

Si en una anterior fantasía una profesora fantaseaba con un alumno, ahora resulta al revés… El interés del profesor por Gina ha provocado en ella una reacción sexual. El maestro parece no haber reparado en ningún otro examen más que en el suyo, es ahí donde nace una especie de vínculo que le otorga el permiso necesario para entrar en la intimidad de la protagonista. Ese movimiento ha despertado su deseo y, posteriormente, lo ha transformado en sexo. Como bien dice ella misma, se siente importante para él.

Aun así los factores de esta respuesta pueden ser muchos. Por ejemplo, el poder del que ya hemos hablado —no olvidemos que es un profesor—, y podría existir el deseo subconsciente de tenerlo «sometido» para su propio placer… Si su reacción correspondiera a este último punto, se entendería en parte la ausencia del miembro de él. Ella es la que domina la situación y él es solo un instrumento que le da placer sin obtener nada a cambio. Pero no nos fiemos de esta teoría, quizá en la fantasía él es un hombre que solo encuentra placer en masturbar a jóvenes y pizpiretas estudiantes de Derecho…

Con todo, existen fantasías de iniciación con más personajes en la trama. A continuación presentamos a una gran «exploradora» de los placeres…

Saray. Dieciocho años. Estudiante

De mi clase me gustan por lo menos cuatro chicos. Y sé que lo normal es decir que te gusta uno, que sientes algo superespecial por él y tonteras de ese estilo, pero si me gustan cuatro ¿qué hago? Pues me callo la boca y digo que mi amor verdadero es Robert Pattinson y listo, porque, si digo la verdad, me convierto en la zorra más famosa del campus. Y paso. Si tuviera que puntuar a mis cuatro chicos preferidos, quedarían de esta manera: Josean un 9, Andy un 7, Lolo un 7 y Jorge un 6 porque está un poquito gordo. El 10 aún no lo he llegado a dar porque estoy esperando a un guapo que se lo merezca… Y ese… ¡No se me escapa!

Yo no soy virgen, de hecho tuve una etapa en que lo hacía bastante, aunque la verdad es que siempre estaba tan peda que no me acuerdo ni de la mitad. Era una niñita, pero desde que entré en la uni he madurado y no me voy con cualquiera. Es más, incluso he salido durante cuatro meses con uno de Economía… Solo que me aburría cañón con él. Muy del nabo todo, así que le dejé.

Ahora estoy sola y fenomenal, me la paso genial con mis amigas, salimos, nos reímos y espero encontrar pronto a un chico que me guste de verdad. Pero hasta entonces no me voy a quedar de manos cruzadas, ¡no soy una monja! Me encantan los chicos y no tengo problema para enrollarme con el que quiera. De los que más me gustan de clase me he enredado con tres, me falta Josean, el del 9, pero me ha dicho una compañera que en cuanto me lo eche bajará a un 3 fácil. Pero está muyyyy bueno, se parece a Mario Casas.

Los cuatro me gustan más o menos parecido y paso de coger con ellos, eso son palabras mayores, así que me consuelo con hacerme mis chaquetas mentales... Mentales y de las otras, claro.

Como más o menos los tengo controladitos, pienso en que estoy con tres en la cama, en plena acción y me chupan por todos los sitios. A Andy yo le hago un karaoke pero no lo dejo acabar. Y luego de uno en uno me van cogiendo hasta venirse. Primero Jorge, que tiene pinta de durar poco, luego Lolo y después Andy... Y al final aparece Josean, superguapo y con unas tetas alucinantes. Me ponen muy cachonda sus tetas, siempre las marca debajo de la camiseta, ¡qué cuerpo tiene el tipo! Y entonces me la mete y yo por fin me vengo. La verdad es que los otros desaparecen en cuanto llega él... Pero ¿para qué los voy a dejar allí espere y espere? Pues que le lleguen. Y me encanta esta fantasía. Por supuesto que no cuento nada, ya lo he dicho antes... Si les contara a mis amiguis mis chaquetas mentales, al día siguiente me llamaban del *reality*, así son. Ahora solo me queda hacerlo con Josean, no sea que en lugar de un 3 conmigo saque un 10. Como dice él: «No hay hombres impotentes, sino mujeres inexpertas...».

Desde luego, Saray no pierde el tiempo, ni en su vida real ni en sus fantasías sexuales. Le atraen cuatro hombres y mantiene relaciones con los cuatro, lo que se dice una gran exploradora... Es evidente que la suya no tiene nada que ver con la anterior historia, no se siente sucia ni tiene ningún sentimiento de culpa: ha decidido que no quiere mantener relaciones sexuales reales con estos hombres que le atraen, y los utiliza para sus fantasías. Para ella, el deseo de sentirse muy deseada e imaginar cómo los cuatro se disputan sus favores convierten la escena en un excitante harén. Aunque podría resultar que la mujer que se excita con esta fantasía tenga problemas de autoestima y necesite de atención…, no parece que sea el caso de Saray.

Lo preocupante quizá sea que, a pesar de ser una mujer abierta, se ve incapacitada para verbalizar sus pensamientos entre las propias amigas por miedo a que la etiqueten; por desgracia, algo mucho más común de lo que parece. La pregunta puede ser demagógica, pero ¿qué ocurriría si un hombre relatara una fantasía en la que se lleva a la cama a cuatro mujeres y mantiene relaciones sexuales con todas? Sobra la respuesta.

8

HOMBRES DE PELÍCULA

Muchas mujeres se avergonzarían al confesar que sus fantasías sexuales más desatadas se inspiran en un actor o personaje famoso. Porque una cosa es decir «¡Qué mono es Justin Bieber!» y otra muy distinta tocarse los genitales pensando en este cantante. Dicho esto, imagino que la mayoría de las lectoras optan por otro tipo de perfiles masculinos. Aun así, el inspirarse en un famoso para estimular la libido suele tacharse de algo infantil y más ahora que, gracias a Grey, está de moda excitarse a base de cinturonazos. Sea como fuere, las inspiraciones en hombres famosos vienen a ser otra variante de la fantasía del poder y obedece a la importancia que en la sociedad actual se da al hecho de ser conocido.

Generalmente, este deseo hacia el personaje famoso suele despertar no solo por su físico o atractivo, sino también por la «idea» que nos hemos hecho de ellos. Imaginemos que alguien comienza una malvada campaña contra Brad Pitt y se publica que sufre de un desagradable tufo a sudor. Se habla de sus quesos, de sus sobacos y del hedor que desprende a nivel mundial. Incluso aparecen malintencionados testimonios que lo atestiguan… La imagen del pobre Brad cambiaría considerablemente, quizá conservaría seguidoras, pero para otras resultaría un tanto repugnante.

Sí, para mantener esa «idea» del personaje que despierta el deseo, existe una maquinaria de imagen muy importante. Y, ya que hablamos de sexualidad, no podemos olvidarnos de que hasta ahora se habían ocultado aspectos sobre la sexualidad de los *sex symbols* masculinos que los obligaban a vivir en la clandestinidad. Y todo con el objetivo de seguir siendo «atractivos» para las mujeres. Ya les podían gustar los guardias civiles con bigote y, hasta hace muy poco, se hacía lo imposible por ocultarlo. Gracias a Dios, ahora muchos están dispuestos a decir abiertamente que son gays y que la ilusión de su vida es ser princesas. Por lo general, sus fans siguen fieles y, para algunas, incluso aumenta su atractivo…

Lo mejor de este tipo de fantasías es que el sujeto del deseo tiene un físico atrayente y gracias a sus interpretaciones podemos dotarle de una personalidad que nos motive. En este caso hay una lista interminable de personalidades a elegir, recordemos algunas de las más clásicas y reconocibles:

- **El vampiro:** cara de necesitar un trasplante y pinta de tener muchos problemas de adaptación. Esas dos características vuelven locas a algunas mujeres. ¿Será por su aire melancólico? ¿Quizá por ese sufrimiento que le da la inmortalidad y arrastra tras él desde hace siglos? Lo cierto es que este personaje es uno de los que más fantasías generan. Imaginamos que tiene que ver con la imposible historia de amor entre él y una chica llamada Bella, no olvidemos que la tensión sexual no resuelta suele ser un factor importante para despertar el deseo, aunque a estas alturas de la saga ya tienen un hijo y viven en una cabaña. Pero, si este personaje no gozara de la historia que tiene detrás y te lo encontraras en una gasolinera por la noche, llamabas a emergencias para que se lo llevaran en ambulancia.

- **El aventurero con látigo:** lugares exóticos, escenas arriesgadas, sombrero, látigo y un niño chino que va con él a todas partes. Bien, si quitamos al chino, Indiana Jones tiene todos los complementos para despertar el deseo de las más inquietas. Y, si la mujer en cuestión trabaja poniendo tapones a los botes de espray en una cadena industrial, esta fantasía sexual seguro que satisface sus necesidades de aventura. Un encuentro sexual entre las dunas del desierto, un beso apasionado antes de que el malo le arranque el corazón de cuajo o un manoseo tras cerrarse la pirámide para no salir jamás, y el placer está asegurado.

- **El guardaespaldas de la famosa estrella del rock:** el amor puede con todo, sobre todo si tiene una buena banda sonora. Podríamos decir que las fantasías inspiradas en el personaje de Kevin Costner en *El guardaespaldas* son como un videoclip. Del mismo modo que si quitáramos la música al *Thriller* de Michael Jackson parece el baile de fin de curso de mi sobrino, con este individuo ocurre lo mismo. Eso no impide que haya mujeres que se sientan atraídas por un guardaespaldas muy apuesto que protege a las damas en apuros. Aunque, en la actualidad y pudiendo elegir, la mayoría de las damas prefieren que las proteja Hugh Jackman vestidito de Wolverine.

- **El duro policía que te alegra el día:** para las mujeres que gustan de los duros muy duros que se afeitan a balazos, nada como poner un Harry Callahan en sus fantasías. «Dirty Harry» o «Harry el Sucio», como se le llama cariñosamente en español, es uno de esos hombres íntegros que anteponen la ley y el orden a cualquier cosa. No vamos a decir que Harry es un romántico que regala figuritas de porcelana (de hecho en sus películas no suele aparecer ninguna chica ofreciéndole un chocolatito después de cargarse a medio San Francisco), pero quizá en eso resida su esencia. Es guapo, íntegro, viril, y seguro que no siente remordimientos al apretar el gatillo porque el pobre ha sufrido mucho en su infancia. Pero me temo que a las fans de Harry les importa un pito su infancia. Digamos que es mucho más excitante que te enseñe lo que sabe hacer con su Magnum 357 después de decirle «Harry, porfi…, alégrame el día»…

- **El rico hombre de negocios rescatador de prostitutas:** el personaje se repite: ejecutivo rico y solitario que se enamora de una prostituta a la que retira de la calle. Richard salva a la chica, pero ella también lo rescata a él de su vacío vital. Todo un clásico, un Grey descafeinado y con hombreras al que no le gusta dar azotes con una fusta, pero da tarjetazos que es un primor. Para gustos.

Hay muchos más, incluidos señores con muchos músculos que son atropellados por un camión de mudanzas y no se les arruga la camiseta de tirantes, pero nos quedaremos con estos, símbolos clásicos de lo que son los «hombres de película». Decenas, cientos de personajes diferentes y atractivos actores. Son tan variadas las fantasías con personajes famosos que resulta difícil elegir. Entre algunas de ellas, destacaremos la que leí hace muchos años en una revista, en una de aquellas inolvidables secciones llamadas «consultorio sentimental». Me llamó poderosamente la atención el testimonio, porque, para la protagonista, era un problema que la atormentaba hasta el punto de pedir ayuda desesperadamente.

Concha. Cuarenta años. Ama de casa
La verdad es que mi educación fue bastante estricta. Vengo de una familia muy religiosa en la que el sexo siempre ha sido un tema tabú

del que jamás se hablaba. Con veintidós años, comencé a salir formalmente con el hijo de unos amigos de mis padres, un bibliotecario de aspecto enjuto con el que me casé en menos de un año. Tengo que decir que, por supuesto, fui virgen al matrimonio y mis conocimientos de la cama eran nulos. Nadie me había explicado nada y lo poco que sabía era por los comentarios sigilosos de mis primas las casadas, que tampoco tenían mucha idea. La primera vez que lo hicimos me sorprendió. No entendía por qué tanto secretismo alrededor de aquello. En realidad, era como dar un masaje en la espalda, o en la rodilla, no tenía nada de interés, al menos para mí.

Cada día, después de trapear, acostumbraba a ver *Falcon Crest* o *Dallas*, series repletas de bajas pasiones, líos de faldas e infidelidades. Nunca entendí, y lo comentaba con mis primas, cómo las mujeres podían llegar a hacer ese tipo de cosas, como ser infieles o irse con el primero que aparecía. Y quiero dejar claro que esa forma de pensar no tenía nada que ver con mi educación, yo no lo entendía porque jamás había experimentado el deseo por un hombre. Hasta que de repente me pasó algo… extraño.

En la televisión acababan de estrenar *Magnum*, una serie de acción que le encantaba a mi marido. Yo, entre recoger las cosas de la casa, darle sus medicinas para la presión baja y mis novelas, no solía acompañarlo. Pero un día me puse a doblar calcetines sentada a su lado y, cuando apareció aquel adonis, algo se removió dentro de mí. El protagonista era un hombre guapísimo, un hombre HOMBRE. Moreno, muy varonil, con una camisa floreada que dejaba ver el nacimiento del pelo de su pecho… Tom Selleck había conseguido que el estómago me diera un vuelco, como si me agitara en la montaña rusa. Realmente yo nunca había sentido aquello, así que me asusté. Me levanté aturdida, tomé una copita y me fui a la cama.

Pero, a pesar de los malos ratos que pasaba, desde entonces no me perdía la serie ni un solo día, esperaba a que apareciera con su atractivo bigote y esos brazos tan fuertes… Era tan diferente a mi marido... Tan delgado el pobre... Con ese tono de piel casi transparente, esa calva incipiente a pesar de su juventud y esos ojos escondidos entre los lentes de cerca y los lentes de lejos... No, aquel hombre no tenía nada que ver con Tom, la verdad es que parecían de especies diferentes. Y poco a poco se produjo en mí una suerte de «revolución», me di cuenta de que necesitaba hacer el amor, que mi cuerpo estaba... nervioso.

Por las noches, cuando mi marido llegaba a la cama, yo me arrimaba, le ponía el trasero cerca de sus partes pudendas, y él cumplía como podía, pero, en mi mente, yo me imaginaba que quien estaba conmigo era Tom Selleck... ¡Yo me estaba entregando a Tom, no a mi marido!

Desde entonces es inevitable, no puedo pensar en otro hombre cuando hacemos el amor y lo peor es que, jamás me había ocurrido, pero, a veces, cuando subo de la compra y estoy sola me toco pensando en él, algo que me hace sentir una mujer horrible. Me encuentro fatal cuando lo hago...

¿Qué puedo hacer? Intento olvidar el tema, pero es que lo que he descubierto me gusta y no puedo evitar buscarlo, incitar a mi marido a que participe en esta fantasía sin saber que lo engaño vilmente... Como una fulana. Jamás debí sentarme junto a mi marido a doblar calcetines...

Una cosa queda clara en la historia de Concha: Tom Selleck representa todo lo contrario a su marido: Tom es un excombatiente reciclado en detective que vive en el paradisíaco Hawai y tiene un cuerpo de escándalo. Su marido es un bibliotecario de 45 kilos de peso, calvo y con frecuentes bajadas de presión. Eso no tiene por qué resultar una desventaja en la relación, sin duda hay hombres con esas características que pueden resultar atractivos. Pero aquí llega el problema real: a Concha no le atrae físicamente su marido, no despierta su deseo y, por ende, su respuesta sexual es nula. De ahí que, antes de que apareciera Magnum sacando su pistola, nuestra protagonista comparara el acto sexual con un masaje de lumbares.

Y aunque ella insiste en que la educación que le inculcaron no tiene nada que ver con su concepto del sexo, lo cierto es que en ese «sentirse horrible» subyace un componente educacional importante. No disfruta de su nuevo descubrimiento, se mortifica convencida de que es una mala mujer que está traicionando a su esposo. Cuando realmente está siendo una mujer demasiado permisiva con su situación al aceptar una relación en la que falla un elemento primordial para una sana vida de pareja: la atracción.

No sabemos qué sucedió con Concha, pero, si al final logró superar sus prejuicios, es probable que decidiera dejar a su marido y viajar a un lugar con cocoteros y daiquirís en busca de un *punto* que la pusiera *a punto*...

Lo bueno de los hombres famosos es que son excelentes canalizadores para alcanzar el placer. Y, como en un catálogo de ventas, tú elijes tranquilamente desde el sillón de tu saloncito. La diferencia es que no te lo suelen llevar a casa, una pena, sobre todo porque un George Clooney quedaría monísimo encima de la mesita de noche... Pero no solo los actores remueven las entrañas sexuales de las mujeres. Renovarse o morir.

Belén. Treinta y ocho años. Empleada
Conocí a mi novio con trece años, a los veinticinco nos casamos y ya tengo dos niños y un gato que se llama Sarita. Soy muy feliz, mi vida sexual es genial y amo a mi familia con locura, pero me tengo que tragar todos los partidos del Real Madrid... Da igual que sea un amistoso con seis jugadores en el campo, que un encuentro en

Yemen, hay que verlo y ya. Y para mí, a pesar de que llevo toda mi vida aguantando vara, ver un partido de futbol es como escuchar un discurso en coreano: ni papa. Mira que me lo han explicado, pero no sé ni lo que es un córner, ni un pénalti, ni un fuera de juego… Lo que digo: prefiero ver una peli vietnamita sin subtitular, la entiendo mejor. Pero en mi casa no se ve otra cosa, así que me tengo que aguantar. Menos mal que desde hace un año tengo mi «secretillo»… ¡Quién me lo iba a decir a mí!… Yo no sé qué me pasó, porque ¡mira que me caía mal el tipo!: prepotente, creído, grosero maleducado… Yo siempre terminaba discutiendo con mi marido por su culpa.

—¡Que no! ¡Que es un profesional que sabe lo que hace y solo se defiende de los ataques! ¡Y cállate, que tú no entiendes de futbol!

Pues sí, aquel cretino que me ponía de nervios terminó «poniéndome» de otra forma. Estoy hablando de Mourinho. José Mourinho. Al principio me parecía un tipo insoportable, pero, hija, de repente, no sé qué me pasó ¡que lo vi hasta guapo! Me encanta su personalidad, su rollito machista… Así que yo veo el partido con mi marido. Me gusta mucho fijarme en la banca, ¡qué energía tiene! Cuando se levanta enfadado, es increíble cómo maneja el argüende. Yo no sé lo que quiere decir, pero hace un gesto con las manos, pega un grito y el partido ganado. Bueno, siempre no, pero casi siempre…

Así que, cuando llega el momento del manoseo con mi puchunguito, yo ya estoy dispuesta a darlo todo y hasta me imagino que estoy con él. Con la energía que tiene ese hombre… Cómo lo hará, ¿verdad? ¡Tiene que ser la bomba! Pues con esa idea me voy al catre y, mira, ahora lo hago con más ilusión.

Claro, mi marido está alucinado porque me ve más alborotada que nunca y hasta le he pedido que me lleve a algún entrenamiento… A este paso termino de comentarista en *Carrusel Deportivo*…

Lo describe muy bien Belén en una pregunta: ¿cómo será en la cama un hombre tan vigoroso y apasionado? Este individuo le resulta atractivo porque ve en él claras dotes de mando y un carácter masculino y viril.

Este tipo de hombres «desafiantes» suelen provocar bastante respuesta sexual. Y, aunque en las listas de los más *sexy* aparezcan siempre los mismos (David Beckham, Brad Pitt, George Clooney, Johnny Depp, Antonio Banderas...), existen muchos otros nombres populares que levantan pasiones. En concreto, el protagonista de este relato genera bastante atracción, y coincide con mujeres liberadas e intelectualmente ricas. El denominador común en estos casos es que el carácter enérgico del entrenador ha generado en esas mujeres una imagen de «cogelón», palabra coloquial que define al hombre con gran vigor sexual.

En el caso de Belén, además de mejorar su vida sexual, ha servido para no tener que poner una tele en la habitación. Es lo que se ahorra.

Este tipo de fantasías con personajes conocidos están inspiradas en hombres que, aunque quizá inalcanzables, son reales, existen físicamente. Pero también encontramos aquellas en las que el personaje inspirador pertenece a la historia universal o está sacado de la ficción. En ese caso, no podemos olvidarnos de uno que seguro te suena: Christian Grey.

9

ÉRASE UNA VEZ...

¿Es posible que un personaje histórico provoque fantasías sexuales? ¿Y uno rescatado de una novela? Efectivamente sí. Pueden resultar unas fantasías inusitadas, pero seguro que alguna de las lectoras ha fantaseado de tanto en tanto con uno de los personajes de las novelas que ocupan su mesita de noche.

En la memoria colectiva femenina existen prototipos de hombres que resultan atractivos para algunas fantasías: el caballero medieval que rapta a la dama, el duque victoriano, ese forajido del Oeste que huye de la ley... Todos ellos personajes de ficción cuyo atractivo tiene una especial característica: podemos dibujar al sujeto como nos venga en gana. Se suele tener una idea preconcebida de ciertos personajes históricos, pero en el caso de las novelas, si el autor lo permite y no ofrece demasiadas descripciones, la lectora se imagina al protagonista a su antojo, algo que lo convierte en una especie de «ármalo tú misma» muy interesante como foco del deseo.

Pero ¿cómo es posible excitarse con un personaje histórico? En realidad, estas fantasías suelen basarse más en el momento histórico que en el personaje en cuestión. Por ejemplo, se utilizaría más la localización de la antigua Roma, la puesta en escena, la situación en el tiempo, que un personaje concreto. No creo que existan muchas mujeres que se vuelvan locas imaginándose una noche apasionada con el emperador Antonino Pío... Aunque sí con los «iconos» de una época: varoniles gladiadores, vikingos cargados de testosterona... Esta fantasía rozaría peligrosamente el fetichismo, pero la integraremos en las intimistas por tratarse de sujetos objetos de deseo.

Otra cosa muy distinta al tema histórico es la ficción escrita. Aquí sí juega un papel importante para la mujer el planteamiento emocional y de situación del personaje, porque eso será lo que active su deseo. Luego llegará el dibujo imaginario del hombre, que, con o sin datos sobre su físico, podrá provocar la respuesta sexual.

Estas fantasías suelen ser de las más creativas y enriquecedoras, puesto que no solo piensan en el acto en sí; por lo general, necesitan de una historia previa, un prólogo argumental, para iniciar el camino hacia el clímax. Quizá haya mujeres que con la sola imagen de un jefe indio de la tribu de los navajos lleguen al orgasmo, pero son las menos.

Yolanda. Treinta y cinco años. Empleada
Soy soltera y no tengo novio, la verdad es que no soy una mujer con demasiada vida social, no suelo salir demasiado excepto para ir al cine los fines de semana. Me encanta el cine. Y leer novelas históricas y títulos que me transporten a otro mundo... Devoro los libros hasta el punto de llegar a leerme tres en una semana... En realidad, mi relación con la literatura es muy «íntima», digamos que me enamoro de los personajes y se convierten en parte de mis pensamientos. Cuando cierro el libro, me imagino como protagonista de una de esas novelas... He sido Elizabeth Bennet de *Orgullo y prejuicio,* Tita de *Como agua para chocolate,* Fortunata de *Fortunata y Jacinta,* Cleopatra de *Antonio y Cleopatra,* Catherine Earnshaw de *Cumbres*

borrascosas... Sí, mi vida amorosa de ficción ha sido muy rica, aunque he de reconocer que me encantan las relaciones complicadas...

Mis fantasías no duran unos minutos y desaparecen. Digamos que me gusta trazar una historia en mi mente. Me meto en la cama, cierro los ojos y comienzo a crear una historia, como si fuera una película. Y, por supuesto, esa historia tiene continuidad en el tiempo, al menos hasta que me dura el enamoramiento del personaje. Por ejemplo, en la actualidad, tengo entre manos una fantasía inspirada en unos cuantos libros de romanos que he ido leyendo en los últimos tiempos. Comencé por *El médico del emperador* y ya llevo ocho libros leídos. De cada obra me inspira algo diferente: de una tomo el hombre que más me atrae, de otra el momento histórico... Y, así, voy uniendo piezas hasta crear mi propia fantasía.

El argumento de mi actual fantasía trata de Linia (yo), una esclava romana que es una gran peluquera a la que todas las nobles aprecian por su maestría con las tenacillas y postizos. Mi ama (Aula) me presta a las amigas, ya que soy uno de sus más preciados tesoros. Pero Décimo, el hijo militar de una de esas nobles (el guapo), se enamora locamente de mí y yo le correspondo. Lo terrible es que Décimo está prometido desde niño con la hija de Aula, mi ama, y, al enterarse de la pasión que nos une, decide acabar con mi vida y tengo que escapar.

Claro, con tanta pasión y tanto tormento, las escenas de sexo suelen ser muy placenteras. Me imagino besándome con Décimo en la clandestinidad de nuestra relación, escondidos para no ser vistos, con el peligro que eso supone. Después de días, quizá semanas, sin habernos encontrado, la explosión de nuestro deseo es increíble: pienso en cómo me acaricia el cuerpo mientras me besa, y cómo me pone contra la pared y allí me hace el amor apasionadamente. Se desata la tensión sexual y yo me excito tanto que incluso tengo un orgasmo real.

Y, cuando el personaje en el que pienso ya no me motiva, inmediatamente busco otro que incluyo en la trama borrando de un plumazo el argumento inicial. Y, claro, cada perfil que añado es distinto al anterior, dependiendo de mis necesidades en ese momento. Si tengo una época un poco exaltada, busco un perfil más sexual; si me apetecen cariñitos, encuentro a alguien más romántico...

Llevo con estas fantasías desde los catorce o quince y algunas historias han llegado a durar años. Por supuesto durante ese tiempo han pasado muchos hombres distintos por la trama. Y, cuando me canso de la historia porque se me hace aburrida, me inspiro en otra diferente.

Ahora estoy pensando en incluir a Jude Law en el papel de un general romano que me ayuda a escapar de Roma. A ver qué tal me resulta en las escenas de cama...

Sí, podemos decir que para Yolanda estas fantasías son como una película que ella dirige con gran maestría en beneficio de su placer. Maneja la situación, tiene el dominio sobre la historia, algo que quizá no se dé en otros ámbitos de su vida y que, trasladándolo a la sexualidad, le proporciona el placer que anhela. Mide los tiempos, las intensidades, controla la trama y traza el escenario perfecto para tener una formidable respuesta sexual. Resulta evidente la primordial existencia de elementos que causen el deseo, una sofisticada narración es el camino para encontrar el *punto* que busca Yolanda.

En cierto modo, la mayoría de las fantasías femeninas siguen alguna trama; en este caso concreto, lo llamativo es la continuidad, habla de incluso años de una misma puesta en escena que, lógicamente, ha de modificar.

La protagonista cuenta que no hace demasiada vida social y no tiene novio. Entonces se nos plantea una pregunta: ¿qué ocurriría si Yolanda comenzara una relación con un hombre real? ¿Continuarían sus fantasías o desaparecerían para dar paso a la realidad? En ocasiones, las fantasías pueden impedir dejar paso al mundo real, y entonces sí podríamos estar ante un problema. Aunque, viendo cómo está el mercado actual, yo también me quedo con un general romano con la cara de Jude Law.

En cualquier caso, si hay un personaje de novela que en los últimos tiempos está ocupando la mente de muchas mujeres, ese es el todopoderoso y torturado Christian Grey. El hombre rico, guapo y atormentado que necesita que alguien lo salve. El que tiene un pasado oscuro, un trauma por superar, un lado vulnerable… Por supuesto, en esta trama no podía faltar una mujer caritativa y dispuesta a cumplir sus deseos más perversos, solo por amor. Quizá muchas mujeres se exciten más con Frodo Bolsón, pero, de momento, gana la batalla Grey.

Chelo. Cincuenta y siete años. Enfermera

Yo nunca leo nada; si me toca guardia en el hospital, suelo llevar alguna revista y poco más. No soy de leer. Pero, claro, en el trabajo, en el metro, entre las madres del colegio de mis hijos, en la peluquería… Al final tuve que comprarme el libro, me mataba la curiosidad. La verdad es que al principio me pareció una historia tonta para jóvenes, como las que leía yo de jovencita, pero, claro… Poco a poco me fui metiendo en la historia y me enganché. Terminé sintiéndome totalmente identificada con la protagonista; era una chica normal, como yo, sin nada que pudiera ser atractivo para un hombre de esas características: millonario y tan poderoso… Y resulta que se queda prendado de ella. Pero lo que más me ha sorprendido es que me encantaban las escenas de sexo. No solo me encantaban, llegó un momento en que, cuando mantenía relaciones sexuales con mi marido, yo pensaba en las escenas descritas en el libro… La vida sexual con él no era mala, pero el libro digamos que me «encendió» el deseo de nuevo. En mi fantasía me imaginaba atada, sin poder moverme, y sentía cómo Grey entraba dentro de mí y me dominaba. Era una extraña sensación porque jamás me habían atraído aquel tipo de prácticas… Pero ese juego despertó mi curiosidad. Y cada día me rondaba más y más la idea de proponérselo a mi pareja, aunque no sabía cómo. Al final lo convencí para que leyera el libro, necesitaba que fuera cómplice de la historia que me había llevado hasta aquellos pensamientos… Cuando lo terminó, le propuse el juego y aceptó. Lo hicimos exactamente como lo había dibujado en mi cabeza. Me ató tumbada boca abajo en la cama, me tapó los ojos, y me penetró una y otra vez…

No hemos vuelto a repetir aquel juego, pero sí resultó algo muy excitante. Y, sobre todo, sirvió para volver a reencontrarnos…

Efectivamente, Grey es uno de los personajes que más pasiones ha levantado, y que además ha ayudado a algunas mujeres a jugar de nuevo. A Chelo le ha cautivado la relación apasionante y apasionada de Grey y la jovencita becaria, muy distinta a la que ella tiene, y eso ha puesto en funcionamiento su excitación. Y para lograr su objetivo actúa con astucia: al sentir reparo en proponerle juegos al marido, lo invita a leer el libro, para que él «penetre» en su mismo universo, cosa que da resultado.

Ahora solo falta que al marido de Chelo le toquen 9 000 millones de euros en la lotería para que todo sea perfecto…

10

PLACERES DOMÉSTICOS

¿Quién no se ha llevado una sorpresa cuando al recibir al empleado de Gas Natural aparece por la puerta un robusto hombre recién llegado de Chequia que seguro que en su país es Mister Tríceps Bonitos?... Yo nunca. En mi caso suelen bajar directamente de Los Andes. Pero he de reconocer que me he encontrado con ejemplos muy significativos.

Los chistes sobre gaseros son todo un clásico: siempre ha existido en la memoria colectiva el mito del profesional que frecuenta la casa familiar y acaba la faena teniendo un *affaire* con la díscola esposa. El cine de los setenta y ochenta elaboró verdaderas tesis al respecto, sobre todo en países como Italia y España. El panadero que te «sube la barra», el fontanero que te va «a desatascar», el jardinero que «riega» tus plantas... Pero estos perfiles de antaño han cambiado mucho. Ahora los profesionales son otros muy distintos, triunfa la tecnología y las grandes superficies y no es frecuente que el señor de la panadería del rumbo abandone el mostrador para subirte una chapata. En la actualidad, los que se acercan a las casas son otro tipo de trabajadores, acordes con los tiempos que corren.

- **El del Gas Natural:** nada que ver con el gasero de otra época. No suele oler a O' de Tuffo, va perfectamente uniformado y, por lo general, moriría en el segundo piso si tuviera que subir un tanque. Aunque también moriría si tuviera que subir una bolsa de Doritos... Su frase preferida es: «Señora, esta instalación está mal hecha, creo que tendrá que tirar la casa para que podamos meter tubos nuevos». Descartado. Con ese panorama, preferirías tener una fantasía sexual con el oso Yogui.

- **El técnico de Canal de TV:** al abrir la puerta se puede encontrar una con un hombre educado, atractivo, incluso simpático. Podría ser un buen partido para nuestra fantasía, pero luego llega la parte en la que la máxima «Te ponemos el decodificador rápidamente» se convierte en un «Tengo que hacer unos agujeros en la pared de la fachada para poder meter un cable que te recorra toda la casa desde allí hasta la televisión, pasando por el pasillo y el cuarto de los niños. No hay otra forma»... La traducción de esta frase es: «Mira, te voy a joder todo el piso con este taladro». Tras unas cuantas horas de lucha para lograr que tu casa no parezca un colador, ya no te quedan ganas para fantasear con ese hombre. Mejor te vas al Zara y te compras algo.

- **El informático:** no se puede decir que todos los informáticos destaquen por su físico apolíneo y férreos músculos. Pero quizá haya uno o dos en el mundo que, casualmente, se pasan por tu casa para solucionar un problemilla con la PC. En realidad, estos individuos podrían hablar en guineano; dado el lenguaje técnico que utilizan, se les entendería igual. Son como los mecánicos del automóvil pero en el hogar: bien te pueden decir que a la computadora le falla la junta de la trócola, y tú te lo vas a tragar. En la mayoría de los casos, cuando llegan al domicilio a arreglarte la computadora, suelen apagarla, la vuelven a encender y se marchan cobrándote 40 euros y 20 por la salida. Con ese presupuesto, en lugar de tener una fantasía, deberían llevarte a cenar una mariscada.

- **El de la fibra óptica:** como en el caso del Gas Natural, las nuevas tecnologías para facilitar la vida de los ciudadanos lo que consiguen a veces es que acabes pidiendo ansiolíticos al médico de cabecera. No compensa. Las fases que hay que pasar para que el instalador llegue al domicilio son un largo proceso que se ha de tener en cuenta. Ejemplo: enero. Llamas para saber si tu zona residencial tiene instalada la fibra óptica. Una vez revisado, telefonean para tomar unos datos que ya diste anteriormente. Tras 127 llamadas en las que señores de muy diferentes nacionalidades te formulan las mismas preguntas una y otra vez, te vuelven a llamar, en esta ocasión para cambiar el contrato. Una vez cambiado, se dan cuenta de que hay un error: a tu zona aún no ha llegado la fibra óptica. Días después rectifican: a tu barrio *sí* ha llegado la fibra óptica.

  Después de un elaborado plan, telefonean para cerrar la cita y enviar al instalador: primero lo hace la central y a continuación la empresa de instaladores subcontratada. El encargado llegará sobre las doce del mediodía a tu casa. Por supuesto no es así y, tras un largo proceso, el señor de la fibra óptica aparece a las 21.30 del 18 de octubre. Después de tanto tiempo para conseguir que llegara hasta tu casa, ya no quieres tener una fantasía sexual con él, lo que quieres es casarte.

- **Los obreros de la construcción:** este grupo suele ser una sorpresa, como los huevos Kinder. Tú llamas a una empresa de reformas y en el grupo te puede tocar de todo: desde un exmodelo de calzoncillos lituano hasta el abuelo del palillo en la boca. Aun así, es probablemente en el gremio de la construcción donde se encuentran las mejores inspiraciones para desatar la imaginación. Bueno, y con los bomberos de calendario, pero no creo que ninguna estemos dispuestas a prender fuego a la casa para que vengan a rescatarnos.

- **El vecino:** se acabó el mito del vecino pidiendo sal con el torso desnudo… Ahora te pide que le prestes 2 000 euros para ponerse al día con la hipoteca. Esta estrategia no suele excitar demasiado, pero remueve conciencias, algo que tampoco está de más en este periodo de crisis.
- **El portero:** no existe. A no ser que tu fantasía consista en hacerlo con un aparato automático que solo sabe decir «puerta abierta». Una pena que cada día sean más escasos.

Cierto, mucho han cambiado los tiempos, y los empleados no tienen el encanto de aquel varonil señor de pelo en pecho que cargaba con una lavadora en sus propias manos hasta el sexto piso. Pero seguro que aún queda alguno capaz de poner en funcionamiento la respuesta sexual…

Laura. Cuarenta y nueve años. Coreógrafa
Hace varios meses me compré un pequeño departamento en la zona antigua de la ciudad. Estaba destartalado y necesitaba una buena reforma. A través de una amiga contacté con Filip, un polaco que tenía una pequeña empresa, y en pocas semanas nos citamos para comenzar.

Primero llegó él y más tarde los demás. Apenas me fijé en aquellos hombres que se cambiaban en la habitación contigua, yo estaba con Filip hablando sobre la obra y poco me importaba el resto. Una vez tratados los pormenores, me acerqué al baño. Al abrir la puerta lo vi. Alto, rubio. Estaba casi desnudo, de espaldas, cambiándose para trabajar. Su cuerpo, su miembro, se reflejaba en el espejo que había frente a él. Cerré rápidamente la puerta sin que se diera cuenta y me fui de la casa.

Aquella imagen del hombre desnudo no se me quitaba de la mente. Recordaba vagamente su rostro, su pelo rubio… Su cabeza estaba agachada intentando deshacerse de unos pantalones y no pude verlo bien, pero sí tenía grabado su cuerpo, un cuerpo magnífico, unas nalgas redondas y apretadas. El pene más perfecto que había visto nunca.

Hacía mucho que no sentía ningún impulso sexual tan inmediato, quizá me había ocurrido en la juventud, pero hacía años que ver a un hombre desnudo no significaba nada para mí. Por mi profesión, he visto a tantos en los camerinos que contemplar un simple cuerpo no me produce ninguna excitación. Esta vez era distinto. Aquella misma noche me imaginé besando aquel miembro, clavando mis manos en sus nalgas, dándole placer a aquel hombre…

Aunque me habían dicho que no habría nada que ver en la casa hasta pasada una semana, tres días después yo ya estaba allí. Necesitaba ponerle cara a aquel hombre. Y enseguida supe quién era. Debajo de unos pantalones blancos manchados de pintura estaban aquellas nalgas perfectas. Aquellas piernas fuertes, aquel hombre formidable. Recé para que se diera la vuelta y su rostro fuera tan bello como el resto del envoltorio. Estaba convencida de que sería insuperable. Y no me equivoqué.

Bajó con decisión de la escalera donde estaba, se llevó la mano al bolsillo, sacó un cigarro y girándose se apoyó en una caja. Sí, su rostro superaba con creces aquel cuerpo que me había despertado la libido. Tenía unos treinta y tantos años, unos ojos profundamente azules. Su nariz era recta, sus labios perfilados. Y la mandíbula, ancha y fuerte, le aportaba una masculinidad que borraba cualquier atisbo de dulzura imberbe en su rostro. Me preguntaba si él era consciente de su belleza. No lo parecía. Salí de aquella casa y no volví a aparecer hasta terminada la obra. El impulso era tremendamente poderoso, creo que jamás había sentido aquella avalancha sexual en mí.

Después de aquello, me he preguntado muchas veces qué sería de aquel hombre de pantalones blancos y pene perfecto. ¿Qué habría pasado si yo me hubiera insinuado a él, si en medio de aquel departamento destrozado por las obras me hubiera arrodillado ante él y hubiese llevado a mi boca su miembro?... ¿Cómo habría reaccionado? No creo que vuelva a verlo jamás, pero me queda la fantasía de pensar en el hombre más bello que jamás encontré.

No está nada mal que el señor que te quita la humedad de las paredes sea el hombre más guapo que jamás hayas visto. En ese caso, no creo que importe pagar un poco más, ya que, además de la obra, tienes el espectáculo asegurado. Pero Laura no solo ha visto en él la belleza. Se ha reencontrado con su propia juventud, se ha visto reflejada en el joven trabajador y ha recuperado sus años pasados repletos de belleza y vitalidad. Ha rescatado sensaciones de su propia experiencia. Con el paso del tiempo, no es extraño encontrar sensaciones en lugares, momentos y personas, y esa es una de las cosas que le podrían haber sucedido para reaccionar ante el trabajador de ese modo.

O quizá esa hermosura no la había encontrado antes en nadie, al menos tan completa. Laura halló en ese obrero el *punto* necesario para revitalizar su libido.

Susi. Treinta y un años. Auxiliar de veterinaria
Vivo en una urbanización de un barrio residencial. Tiene su jardín, sus columpios para los niños, su pista de tenis y su enorme piscina. De hecho, todos los años a mediados de junio suelen contratar a un estudiante que haga las veces de socorrista y para el mantenimiento. En los últimos veranos siempre había venido un chico que estaba

tan enganchado al Nintendo DS que bien podían estar luchando Tiburón II vs Depredador dentro de la piscina, que él de poco se iba a enterar. Llegó un momento en que la comunidad de vecinos no podía más, estábamos tan hartos de su dejadez que nos bastaba con que no aparecieran cadáveres flotando en el agua. Por supuesto, y a pesar de que era hijo de una amiga de la hermana de la presidenta, logramos deshacernos de él. Y entonces llegó Matías.

¡Madre de Dios! Pasamos de tener un vegetal como socorrista al hombre con todas las letras: HOMBRE. Morenazo, con pelo largo y medio rizado, ojos verdes y unas pestañas que podían barrer las hojas del jardín… Yo solía regresar del trabajo sobre las siete y media de la tarde y salía a la terraza a fumar mi cigarrito. A esa hora solía estar vestido con bermudas largas y holgada camiseta blanca, leyendo algún libro o escuchando música mientras algunos vecinos se tomaban el último baño del día. No sé si era el sol del atardecer, pero me asomaba a la ventana y lo veía tan ideal, en su sillita blanca de plástico, con esa sonrisa ladeada tan pícara… Me quedaba tonta. Luego ya venía mi marido y yo volvía a la realidad mientras limpiaba el pescado de la cena.

Un día, como cada tarde, fumaba en la terraza observándolo. Era encantador con los niños, con los padres, con las madres, con las tías abuelas… Siempre con esa sonrisa deslumbrante, que seguro en tiempos de Franco habría sido ilegal. Aquel día, cuando todos se fueron, inesperadamente, se quitó la camiseta y las bermudas y se quedó con un traje de baño mínimo. Yo, claro, con los ojos como platos. Nunca lo había visto tan… tan en pelotas. Desde luego, parecía muy bien dotado. Se acercó a la ducha y se puso bajo el agua. Las gotas caían sobre aquel cuerpazo de escándalo, se deslizaban… ¡¡Parecía un anuncio de Dolce & Gabbana!! Cómo se mojaba su larga melena, cómo pasaba sus manos por aquel cuerpo de nadador… Hasta zambullirse en el agua y hacer unos cuantos largos estirando sus superbrazos.

Yo llegué hasta el sexto largo porque mi marido entró en la casa y me tuve que retirar para hacer juntos la declaración de impuestos.

¡Pero madre de Dios! ¡Qué pedazo de hombre!... Claro, desde entonces pienso en él ¡y me suben unos calores! Fantaseo con que le pido que me ayude a subir las bolsas y una vez en casa lo hacemos en el sofá, en plan salvaje. O, cuando todos se han ido, echamos un acostón en los vestidores de tenis... O simplemente me pesca en el ascensor y sin decir ni mu me agarra y empieza a meterme mano por todos los lados... ¡Madre, madre, madre!

Y, la verdad, me ha dado mucho que pensar el socorrista este, necesitaba yo una ilusioncilla para alegrarme la existencia, ¡y mira tú por dónde!

Ahora me pongo mona para que me vea, antes apenas tenía relación con las vecinas, pero ahora he entablado amistad con un grupito y solemos salir a cenar, bajo a la piscina a nadar todos los días que puedo... ¡Estoy encantada! Bueno, por lo menos hasta que regresa mi marido...

Pues sí, hasta que aparece el marido, Susi se la pasa en grande. Aunque no es de extrañar: por lo que cuenta el relato, ese chico no es un socorrista, es Andrés Velencoso. Pero, aparte de la respuesta sexual, en esta fantasía ocurre algo muy significativo: el deseo que ha despertado este prodigio de la naturaleza en Susi además ha activado las ganas de resultar atractiva, de recuperarse como mujer, de volver a la feminidad. Esto no es baladí. En muchos matrimonios, la desidia provoca que ambos (marido y mujer) se abandonen a la vida cómoda. El principio de este comportamiento sería: «Como ya he atrapado... Pásame ese trozo de mortadela». Lo que acarrea esta instalación en la comodidad es que, a la hora de divorciarse, se gastan cantidades ingentes de dinero en dietistas, cirugía plástica y extensiones de pelo y uñas para poder volver a pescar. Error.

Ahora podemos decir que Susi se ha «recuperado» y tiene motivos para sentirse especial. Por supuesto, el detonante de esta «recuperación» podría ser el joven socorrista, un monitor de *fitness* o el que mira los contadores del agua. La atmósfera que se ha creado en su matrimonio ha conseguido que la relación pierda brillo, que no resulte estimulante. Aunque sea doloroso, en ocasiones hay que enfrentarse a la realidad. De momento, Susi ha preferido hacer oídos sordos al problema real, pero existe la posibilidad de que pronto la relación con su marido cambie de rumbo.

De momento, nuestra protagonista ha recuperado a tiempo esa autoestima perdida vete tú a saber en qué McDonalds. No solo eso, además baja a la piscina a nadar y ha hecho nuevas amiguitas…

B
FANTASÍAS EXPLORADORAS

La búsqueda de algo nuevo y desconocido. Esas son las claves para las mujeres que tienen este tipo de fantasías. Aquello que desconocen y que en la mayoría de los casos no está a su alcance, lo imposible, lo prohibido... Eso es lo que despierta su respuesta sexual: un trío con su pareja y ese taxista tan guapo que vive en el tercero, una fiesta en la piscina que acaba en orgía, intercambio de parejas en un local oscuro, un revolcón en el probador del Bershka... Cualquier acto sexual que explore nuevas formas puede ser motivo de excitación.

Nos adentramos en el misterioso mundo de lo desconocido, de la aventura, de las misiones imposibles, del riesgo, de... Adrenalina e instinto sexual, dos poderosas armas para ir... *en busca del punto perdido...*

11

LO PROHIBIDO

Una de las fantasías de exploración más frecuentes es la que tiene que ver con lo prohibido. ¿Por qué ese extraño poder en las fantasías femeninas? Si nos fijamos, este estimulador del deseo ha aparecido bastante a lo largo del libro, no es nada nuevo: lo prohibido posee una gran fuerza de atracción. La manzana prohibida de Adán y Eva es un buen ejemplo de ello. La tentación.

Pero ¿qué se considera «prohibido»? Eso depende de las barreras de cada mujer. Para algunas, acostarse con el marido de su mejor amiga no tiene nada de inmoral, no lo consideran algo prohibido, y, aunque socialmente no esté bien visto, en su fuero interno no resulta algo vetado. Pero otras que en su vida consideran este hecho como un acto obsceno es posible que hayan encontrado un *punto* que podría facilitar su excitación sexual. En muchos casos, los protagonistas de esta fantasía suelen ser personas del entorno cercano: el marido de su jefa, el compañero de universidad de su hijo, el mejor amigo de su pareja… Si bien es cierto que una vez experimentado el placer luego puede desencadenarse un sentimiento de culpabilidad, las mujeres que utilizan estas representaciones tienden a hacerlas desaparecer en cuanto se sienten más culpables de lo previsto. El problema llega cuando se desea hacer desaparecer dicha recreación y no se consigue...

Las que gustan de este tipo de fantasías suelen cambiar el objeto prohibido de su deseo; si el individuo fuera siempre el mismo durante un periodo prolongado de tiempo, habría que valorar otros factores. Me temo que pensar durante quince años de matrimonio en tu cuñado el albañil para llegar al orgasmo es una compleja cuestión digna de analizar.

En cualquier caso, y como en la mayoría de las fantasías que exploran nuevas formas, quienes las utilizan son mujeres cuya vida sexual ha podido entrar en el pantanoso terreno del aburrimiento, por este motivo buscan detonantes para activar su erotismo. Como siempre, el riesgo puede llegar cuando esa fantasía se acerca peligrosamente a la realidad...

Soraya. Cuarenta y cuatro años. Dibujante
Mi relación de pareja era de lo más normal, pero desde hace aproximadamente un año ha mejorado muchísimo. Estos son los hechos:

Tengo que confesar que siempre me han excitado las cosas un poco complicadas. De adolescente, me enamoré del segundo marido de mi madre y fue con él con el que comencé a masturbarme. Me encantaba pensar que por la noche entraba en mi habitación, metía sus manos entre las sábanas y me hacía todo tipo de guarradas. Luego vendrían padres de mis amigas más íntimas, un primo mucho mayor que yo que vino a pasar un verano a mi casa... Supongo que por los años y las experiencias sexuales posteriores, dejé de pensar en este tipo de fantasías. Hasta que mi novio me presentó a Luis, uno de sus mejores amigos, que trabajaba como arquitecto en el extranjero y que regresaba a España después de diez años. Yo lo conocía por fotos y, la verdad, nunca me había fijado en él, pero cuando lo tuve delante me pareció el hombre más guapo que había visto nunca. Era curioso porque, en realidad, esa belleza alucinante parecía verla solo yo, para el resto del mundo era un tipo de lo más normal.

Luis está casado con una inglesa bastante mayor que él, algo que también me produce cierto morbo. Siempre me han gustado los hombres que se enredan con señoras mayores, me imagino que necesitan protección, que buscan a la madre que nunca tuvieron y rollos por el estilo. Todos esos alicientes y el atractivo sexual que yo veía en él consiguieron que aquellas fantasías prohibidas que había desterrado de mi mente volvieran con más fuerza que nunca. Y si mi novio me decía «Qué bien que haya regresado Luis, es como mi hermano y quiero que para ti también lo sea» y cosas así, yo me exaltaba más.

Ahora, cada vez que cojo con mi chico pienso en Luis, en que es él quien me pone a cuatro patas y me da hasta venirse en mi espalda… Y algo que me excita enormemente es pensar en que mi novio lo desconoce, que es su mejor amigo el que me está embistiendo y no él. Me pone muy cachonda preguntarme: «¿Qué pasaría si mi pareja se enterara de que mis mejores orgasmos son cuando pienso en su amigo, en su hermano?…». Esta idea me hace hasta temblar de placer, el peligro de perder la relación, de que me «pesque», es un aliciente para excitarme, para disfrutar mucho más de mi vida sexual…

Normalmente, cuando acaba el acostón, intento no darle demasiadas vueltas, tampoco es que quiera abandonar a mi marido y escaparme con Luis, ni mucho menos. En realidad, es como una especie de vibrador. Lo utilizo y punto.

Como en el pasado, imagino que este hombre desaparecerá de mis fantasías y aparecerá otro nuevo, y lo que sí tengo claro es que no voy a desterrarlas como hice entonces. Han mejorado mucho mi vida sexual de pareja y, aunque mi novio no tenga todos los datos…, está muy muy satisfecho con este nuevo «renacer» de la relación…

Los antecedentes de Soraya la hacían proclive a recaer de nuevo en estas fantasías, imaginamos que originadas por la rutina de pareja y ese tipo de factores. Lógicamente, si tus pensamientos ya vienen de alegres fornicios con el marido de tu madre, no es extraño que termines regresando a placeres prohibidos para, digamos, «ornamentar» la relación sexual con tu pareja. No solo eso, a Soraya le excita pensar en que su pareja se pueda enterar de su pensamiento furtivo, ahí está lo prohibido, lo que sube su temperatura sexual. Y ella lo define muy bien: él es un vibrador que utiliza a su antojo. Es muy positivo que así sea y no se convierta en una obsesión, algo que dañaría a su relación real. Es simplemente un instrumento para llegar al placer.

Realmente existen pocas mujeres que tengan esto tan claro y más en casos de este tipo: como ya hemos hablado, no es extraño confundir los sentimientos y hacer de ese objeto de deseo el hombre del que estamos enamoradas, algo del todo erróneo. Para llegar a esta conclusión y dejar a un marido por una pasión fantástica hay que estar muy seguras, sobre todo si el sujeto es un arquitecto que ha regresado a España para buscar trabajo. Te pondrá mucho sexualmente, pero, desde luego, no es una lumbrera. Creo que sería más rentable abrir un Museo del Jamón en pleno centro de Kabul.

Pero, además de lo prohibido, también está lo imposible… Y un imposible es la ancestral atracción por los gays. El mundo está lleno de mujeres que se sienten tremendamente atraídas por ese estereotipo gay que les aguanta todo y ofrece sabios consejos cual oráculo. No olvidemos que hay algunos homosexuales a los que les encanta un drama épico: si te acaba de dejar un novio, son los más dispuestos a prestar el hombro. Y si encima, como en las películas, te acompañan de compras y te cuentan algún chisme, resultan muy amenos.

Normalmente todo empieza por una amistad sincera en la que la sensibilidad y la confianza son los pilares fundamentales. Eso, y que te guste Rafaella Carrá y el musical *La novicia rebelde*. Una vez sentadas esas bases (o de similares características), la relación se estrecha hasta el punto de confundir sentimientos. Es el hombre perfecto..., aunque lo más cercano al sexo que se puede conseguir de ellos sea una invitación para ver a Lady Gaga en directo.

Andrea. Veintiséis años. Estudiante

Me siento tremendamente atraída por un amigo íntimo. Lo malo es que es gay y no tengo nada que hacer con él. No es ni moderno, ni bisexual, ni tiene dudas sobre su identidad sexual ni patrañas similares: es homosexual, con todas las letras.

Siempre me habla de los chicos que le gustan, de lo mucho que sufre por amor y de lo desgraciada que es su existencia. No tiene mucha suerte con los hombres, siempre se enamora de tipos con camisetas ajustadas y cara de Kent de Mattel. Y, claro, él, que es un chico menudito con brackets desde los diez años..., pues se lleva muchas decepciones... Intenté hacerlo entender que sería mejor que pusiera la vista en chicos más normalitos, pero lo pierden los inflados de gimnasio...

Con tanto lagrimón y tanto desengaño, nos hemos unido mucho, tanto que he acabado enamorándome de él. Me despierta un sentimiento que nunca antes me había hecho sentir ningún hombre. Es una mezcla entre amigo, novio, hermano pequeño, hijo... El lazo que tenemos es mucho más importante y sólido que el que puede unirte a una pareja convencional. Las parejas se rompen y no queda nada, nosotros siempre tendríamos la amistad... A veces, pienso en cómo sería hacer el amor con él... y creo que resultaría muy tierno, dulce… Muy distinto a estar con un heterosexual… Me encantaría que probara cómo es acostarse con una mujer, yo le demostraría que puedo darle mucho placer y cariño, quizá más que un hombre…Y que nunca le haría daño…

Sé que es muy complicado, imposible…, pero algo dentro de mí me dice que podríamos ser una pareja feliz. Quizá algún día…

La amiga Andrea ya puede comprarse un buen sofá ergonómico para esperar sentada. Por lo que parece, este muchacho tiene muy claro que le gustan los hombres, sobre todo los que van a spas y se blanquean los dientes. No solo eso: tiene que ser un auténtico relajo salir con alguien que es amigo, novio, hermano pequeño, hijo… Eso no es una relación, es la tribu de los Brady. Es posible que Andrea haya encontrado en este joven la sensibilidad que no ha podido ver en otros señores, pero seguro que hay hombres con gran ternura y delicadeza con los que, además, se puede tener relaciones sexuales. Podría suceder que Andrea sienta cierto temor a una relación sexual, y por eso centre su deseo en alguien que, por su elección sexual obvia, no se va a acercar a ella con fines sexuales. Este tipo de atracciones suelen ser la respuesta a una serie de complejos que impiden tratar el sexo con los hombres de forma natural. Otros factores, por supuesto, son la lejanía que tienen los gays de los comportamientos machistas: no temen la demostración de sentimientos y suelen ser afectivos, y eso también es un gran atractivo.

Así que, en el caso de NO querer entablar una relación sexual, este chico sería una opción perfecta, aunque esta historia estaría incluida en la enciclopedia *Grandes santas de nuestro tiempo* y no en este libro. Quizá Andrea fantasee en lo más profundo con rescatarle de la homosexualidad, algo del todo imposible. *Prohibido.* Pero no sería nada descabellado: del mismo modo que existen salvadoras para hombres con miedo al compromiso, también las hay convencidas de que se puede convertir a un homosexual en hetero.

En cualquier caso, y para aquellas que experimenten este tipo de atracción, tranquilas y paciencia; generalmente, en cuanto aparezca un tipo un poco decente en sus vidas, es muy probable que olviden a este chico y lo manden a participar en el musical *Hasta luego, Lucas.*

Una de las fantasías masculinas que más he encontrado en mi búsqueda es el sexo con la suegra. Sí, lo repito: sexo con la suegra. Pero si este método de excitación sexual en los hombres puede resultar inusitado, más que nada por la fama que acarrean estas simpáticas familiares políticas, resulta más sorprendente cuando la protagonista es una mujer y el objeto de deseo es el padre de su marido.

Roberta. Treinta y siete años. Funcionaria

Mi proceso de divorcio con Lucas fue bastante complicado: que si repartirnos los bienes, que si los perros, que si te dejo por una profesora de *spinning*… Un verdadero fastidio. Pero una de las cosas que más me jodió fue tener que separarme de la familia de mi ex, mis suegros eran encantadores… Yo sabía que después del divorcio no volvería a verlos y que quedaría como «la idiota que no supo querer a su hijo».

Así fue, no volví a coincidir hasta aquella tarde de verano. Paseaba por el centro de la ciudad cuando alguien tocó mi hombro dando sutiles golpecitos, me di la vuelta y allí estaba: mi exsuegro. Siempre había sido un hombre atractivo, alto, atlético, bronceado… Y no había perdido su perfecta sonrisa, me emocionó volver a encontrarlo. Conversamos durante unos minutos y enseguida me invitó a tomar un café. Al final, poniéndonos al día y rememorando viejos tiempos se nos pasó la tarde. Hablamos de que disfrutábamos en las excursiones, en nuestras vacaciones de verano, en Navidad... Sí, habían sido grandes tiempos hasta que su hijo me abandonó por una señora con el cuerpo de Indurain...

Al despedirse, me confesó que pensaba que su hijo era un imbécil por haberme dejado marchar y que sabía que nunca encontraría a alguien como yo. Y me besó en la mejilla suavemente. Pero aquel beso lo sentí distinto a los que antes me había dado, tenía un sentido especial...

No volví a pensar en ello hasta que pasados unos días me levanté de la cama muy excitada y en plena ducha me vino el sueño que acababa de tener mientras dormía. Lo fui recordando como a trompicones: primero mi exsuegro aparecía en la habitación que compartía con Lucas antes de divorciarnos, después me abrazaba y yo comenzaba a llorar. Pero aquel llanto era gratificante, liberador, me hacía sentir muy bien. Y luego lo hacía con él allí mismo, en mi cama matrimonial. Me cogía al padre de mi exmarido, con un par de huevos.

No era la primera vez que soñaba una absurdez similar, ya me había tirado en sueños al periodiquero (un señor que no conoce el concepto desodorante), a un compañero heavy-calvo del trabajo, e incluso me había besado con una compañera de natación. Pero el padre de mi ex, ¡el que había sido mi suegro durante diez años! ¡El abuelo de mis perros!... Si en las anteriores ocasiones me lo había tomado a risa e incluso había bromeado (que un heavy-calvo de 150 kilos con la cara de Ramoncín en la camiseta sea el protagonista de tus sueños mojados... tiene su algo), esta vez no me quedé indiferente. Es más, ni siquiera lo conté en plan risas como en otras ocasiones, me parecía demasiado... ¿atrevido? Además..., me había gustado mucho.

Mi vida sexual tras el divorcio era un desastre. No tenía ganas de tener relaciones con hombres, ni siquiera de masturbarme. Pero, desde aquel sueño, volvieron a despertar en mí las ganas de sexo. Volvía a mi mente aquel encuentro sexual con mi suegro y me ponía cachonda perdida. Lo reproducía otra vez casi exactamente, como lo había soñado: llegaba a la habitación, me abrazaba, me besaba y de pronto estaba sobre mí, penetrándome. Era muy placentero y, durante mucho tiempo, fue la única fantasía que me empujó de nuevo a tener apetencia sexual. Hasta que desapareció del mismo modo en que llegó...

Siempre me he preguntado el porqué de aquella reacción en mí. Durante mi matrimonio, y a pesar de ser un hombre muy atractivo, mi suegro jamás me había inspirado el más mínimo pensamiento... Y, sin embargo, consiguió rescatarme de mi apatía. Para que no digan que los suegros son malos...

No hay que olvidar que esta fantasía aparece en un momento crítico en la vida de Roberta: que tu marido te deje por su profesora de *spinning* no es un plato de buen gusto. Y, como suele suceder en algunas ocasiones, los malos momentos emocionales nos llevan a la apatía sexual, algo que a ella le afectaba sobremanera.

Habría decenas de teorías en cuanto a este tipo de representación, por ejemplo: podría darse la circunstancia de que añore a su marido y su orgullo herido le impida integrarlo en las fantasías sexuales. El objeto más cercano a Lucas es sin duda su padre, al que encuentra en la calle por casualidad. Hablaríamos entonces de que ella ha *disfrazado* a su marido con el físico de su suegro, ya que subconscientemente no se permite *entregarse*, ni en pensamiento, al hombre que la traicionó. También podría ser que Roberta busque «vengarse» de la traición a través de esta fantasía: «Me he acostado con tu padre»... Otra teoría podría ser que su suegro la haya excitado siempre, pero lo haya mantenido oculto en el subconsciente por respeto a su esposo. Tras el trauma de la ruptura, brota con fuerza el deseo oculto.

La aparición del sexo en los sueños posee significados tan distintos como neuronas en el cerebro, y en el caso de Roberta mucho más. No suele ser común tener sueños húmedos con señores que llevan camisetas de Ramoncín.

Pero, como decíamos anteriormente, tampoco los suegros representan un objeto de deseo habitual, a no ser que resulten parecidos a Ben Affleck. Gracias a los dioses, la mayoría de los suegros se parecen más a Gerard Depardieu o Danny de Vito, algo que evita muchas tiranteces familiares, sobre todo con la suegra.

12

SWINGERS

Lo que toda la vida se ha llamado «intercambio de parejas» aho-ra se denomina *swinging*. Reconozcamos que decir «Soy *swinger*» suena más *cool* y es menos llamativo. Si le comentas a tu madre que practicas *swinging* piensa que vas a clases de natación y se queda tranquila. Pero ¿qué ocurriría si le dijeras que te gusta el intercambio de parejas? Pues que le daría una angina de pecho.

Swinging es una palabra inglesa que significa cambiar, oscilar, balancear... Y las parejas *swingers* (a veces llamadas parejas libe-rales) son aquellas que practican este estilo de vida. Hacen reu-niones y, entre otros juegos, se intercambian unas parejas con otras, ya sea en fiestas privadas o en lugares dedicados a tal me-nester. Otras de las vivarachas actividades que se incluyen en estas reuniones son el voyeurismo y el exhibicionismo, conduc-tas que trataremos más adelante. Pero no todos los asistentes a estos encuentros sexuales desean el mismo nivel de participa-ción, por eso existen diferentes grados:

- **Soft swinging (balanceo suave) o *soft swap* (intercam-bio suave):** besos, caricias, masturbación, sexo oral... Este es un grado suave de acercamiento y placer sexual que acostumbra a practicarse en intercambio, tríos e incluso en grupo. Suele darse en la iniciación, aunque también hay personas que no necesitan llegar a más.

- **Full swap** (**intercambio completo**): es la relación sexual completa con alguien que no es tu pareja. Este grado es el más empleado entre los practicantes de *swinging*.

Este «estilo de vida» tiene todos los ingredientes para ser estudiado: conocer nuevos placeres, explorar el misterio de lo desconocido, visitar un lugar extraño, ver y ser visto... Perfecto para la más aventurada fantasía... A estas exploradoras ávidas de nuevas experiencias las llamaremos *fantasy swingers*...

Emma. Cuarenta años. Fotógrafa
Tengo relaciones sexuales esporádicamente con un amigo, conectamos muy bien y solemos disfrutar mucho del sexo, algo que me resultó bastante difícil de encontrar. Tenemos la misma conexión, sabemos lo que quiere el otro en el instante en el que lo quiere, y sobre todo es muy generoso. Yo reconozco ser una mujer muy sexual y me gusta experimentar, jugar a cosas nuevas. Me he acostado con una mujer, he hecho un trío con dos hombres, he probado el sexo más joven y el más anciano, he jugado duro... Digamos que no me quedo corta a la hora de probar. Hace un tiempo, hablando de sexo con una amiga, me comentó con toda naturalidad que ella practicaba intercambio de parejas. La verdad es que no se le notaba nada: ella y su marido son economistas de los de traje de chaqueta y no me los imaginaba dándolo todo en un club. Después de contarme lo bien que se la pasan cada domingo por la tarde cogiendo con otras parejas, se despidió con un: «A ver si un día Pep y tú se animan»... Yo no soy idiota, aquella conversación no había sido casual y su despedida fue una proposición en toda regla.

Yo jamás había dado vueltas a esa posibilidad, entre otras cosas porque no suelo tener parejas estables. Pero Pep se acercaba bastante a ese concepto. Entre nosotros se habla de sexo con total libertad, y de ese modo se lo planteé. Me sorprendió su respuesta: él no estaba dispuesto a ver cómo me cogía a otro tipo. Aquello me extrañó, pero, sobre todo, me excitó mucho. Me gustó escuchar esa frase, nunca pensé que un hombre que se demuestra posesivo conmigo pudiera llegar a estimularme, pero así fue.

No solo eso, desde entonces me excitaba mucho imaginando cómo participábamos en un intercambio y, mientras un desconocido me cogía, él me observaba muerto de celos. En realidad, en la fantasía, a mí me importaba un carajo con quién estuviera Pep, lo que me gustaba eran sus celos en aquella escena que yo misma representaba en mi cabeza. Poco a poco, los pensamientos se fueron haciendo más sofisticados, en ocasiones él solo miraba mientras yo practicaba sexo oral con otro, o incluso nos mezclábamos en un gran grupo de parejas en las que yo terminaba teniendo relaciones con casi todos menos con él. Durante unos meses deseé conocer esos lugares de intercambio y probar a pesar de la negativa de Pep, pero al final me convencí de que en ocasiones es mejor dejar que la fantasía no se rompa al conocer la realidad. ¿Me gustaría el ambiente de un club de intercambio? ¿Cómo me sentiría después de tirarme al marido de mi amiga? ¿Cómo se sentiría Pep? Las dudas se apoderaron de mí y dejé pasar aquella idea. Quizá en otro tiempo sí, pero ahora me siento cansada para aventuras y mi amigo no quiere jugar a ese juego… Descartado. Pero sigo imaginándome cómo él me observa mientras estoy con otros hombres. Me encanta.

Ya decíamos que el exhibicionismo es una práctica habitual dentro del *swinging* y, por lo que parece, a nuestra querida Emma le encanta que la vea su amigo con otro señor. Le excita que él experimente celos, sentirse única, el centro de atención. Para ella, el intercambio es en realidad una escenificación para despertar los celos de Pep, y esto es lo que le provoca su respuesta sexual, el *punto*. Este tipo de estímulos responden a lo que podría ser una falta de autoestima y, a pesar de la relación idílica que plantea la protagonista, quizá necesite más atención por parte del otro, de ahí que la reclame manteniendo relaciones con otra persona, una fórmula que ha descubierto y la colma de placer.

Sin embargo, hay muchos matices interesantes en esta historia, sobre todo en las preguntas que ella se formula al final. Incluso utilizando el *swinging* únicamente como fantasía, las mujeres han de tener mucha confianza en la pareja y estar muy seguras de la relación, aún más si se lleva a la práctica. Emma también se pregunta cómo se sentiría tras el intercambio con esa amiga suya del traje de chaqueta. Puede ser que no suceda, pero es frecuente que parejas de amigos que llegan a un alto grado de intimidad rompan totalmente la relación de amistad tras el encuentro sexual. Así como parejas que atraviesan serios problemas y se refugian en estas prácticas… Generalmente, no son lo más recomendable, es mejor que la relación esté sana para participar en estos juegos.

Por otro lado, Emma plantea el interrogante de cómo será el lugar de los encuentros y su ambiente. Depende de muchos factores, si es una fiesta en Las Vegas y los componentes de la otra pareja se llaman Brad Pitt y Angelina Jolie, quizá Pep se anime y hasta termine poniéndose la tanga de Emma… Aunque lo dudo, ha dejado clara su postura: NO, algo que la protagonista del relato decide respetar.

Al final, Emma no ha cumplido su fantasía, pero sí ha encontrado un nuevo *punto* para la excitación que sin duda enriquece la relación con su amigo.

Merche. Treinta y cuatro años. Consultora

Durante unas vacaciones con amigas, una de ellas contó escandalizada cómo unos conocidos comunes practicaban intercambio de parejas. Eran dos parejas de amigos muy bien situadas económicamente y que se llevaban de maravilla. Tanto que, además de compartir cenas y confidencias, también compartían sexo. Para mi amiga, era del todo inconcebible y el resto puso el grito en el cielo, los tacharon de depravados y expresaron su repulsa por estas prácticas perversas. Por supuesto, yo me callé. Llevo imaginando que practico intercambio de parejas desde hace muchos años, creo que desde que descubrí mi sexualidad, y aquella historia me llenó de curiosidad. Fue un descubrimiento, nunca imaginé que unas parejas normales, de buena familia, bien situadas y conocidas practicarían algo que a mí me hacía sentir tan mal, solo por fantasear con ello. Yo tengo novio formal, pero, si la pareja de alguna conocida me gustaba, me imaginaba a los cuatro en la cama. Yo con su novio y ella con el mío: esa escena me parecía muy excitante. Pero siempre pensé que era algo obsceno, de círculos marginales. Y, por supuesto, nunca hice partícipe a mi novio de estas fantasías. Yo no era de esas. Pero sí era, por eso necesitaba saber más, sentir que yo no era la única.

Una mañana de domingo acudí con mi novio al bar que ambas parejas solían frecuentar para el aperitivo y nos acercamos. Hablamos de la crisis, de tenis, de sus niños, de mi trabajo. Todo con absoluta normalidad, nadie en aquel lugar, nadie en el mundo, podía imaginar que aquellas dos parejas se intercambiaban sexualmente. Estar cerca de ellos, imaginármelos desnudos, besándose, tocándose, practicando sexo era algo que me fascinaba. Y excitaba. Eran personas como yo, sin taras extrañas, simplemente les atraía un estilo de vida sexual distinto. A pesar de que la relación con mi novio no era mala, sí me faltaba una pieza definitiva para sentirme plena. Hasta entonces, mis fantasías eran tabú, pero saber de la existencia de aquellas personas me ayudó a replantearme mi vida en pareja. Con el tiempo logré asumir totalmente mi deseo. Primero lo verbalicé y se lo confesé a mi novio. Por supuesto, él se negó en rotundo a participar en esa obscenidad con pervertidos sexuales y gentes de malvivir. De nada sirvió explicarle con ejemplos que muchas personas viven su sexualidad de ese modo. La relación se rompió. Ahora tengo muy claras mis preferencias, mi elección de vida sexual. Quizá me resulte muy difícil, quizá jamás logre encontrar a nadie que comparta mis gustos, pero no pienso negarme a mí misma. Esta soy yo.

Merche había decidido que su fantasía tenía que llevarse a la práctica para conseguir una vida sexual plena y cumplió su propósito, a pesar de tener que tomar decisiones difíciles. El deseo de cumplirla era más poderoso que llegar a un acuerdo y salvar su pareja. Además, es probable que la verbalización del deseo hiriera de muerte su relación. Como muestra el relato, existen muchas personas para las que este tipo de gustos sexuales resultan una depravación, una obscenidad, algo marginal.

Pero pensar en intercambio de parejas para excitarse o ser *swinger* forma parte de la sexualidad que elige cada individuo; solo se necesita la conformidad de la pareja para explorar ese mundo. Los porqués de la elección de estas prácticas son infinitos y en cada persona se puede deber a algo diferente: necesidad de liberar la represión, de nuevas experiencias… Quizá a Meche no le cueste tanto encontrar a un hombre que participe de sus gustos.

13

RINCONES CON ENCANTO

Desde un probador de Zara hasta el Museo del Prado, cualquier lugar insólito resulta ideal para las más ardientes fantasías de algunas mujeres, siempre que las rescaten de su realidad. Y es que, de nuevo, abandonar los hábitos y dar una nueva perspectiva a la vida sexual suele ayudar a encontrar el *punto*. En estos casos, este tipo de fantasías son más fáciles de verbalizar: a no ser que la pareja sea tímida, muchos varones —sobre todo adolescentes— suelen estar dispuestos a experimentar este tipo de propuestas con bastante entusiasmo.

Y cuando hablamos de «lugares insólitos» nos referimos a esas localizaciones que poseen un aliciente especial que las hace atractivas. En el siguiente relato se unen varios factores que hacen del lugar elegido un rincón interesante para los protagonistas. Intentemos descifrar cuáles son.

Mónica. Veinticuatro años. Guionista
Yo no soy una chica muy agraciada. Trabajo como guionista en una pequeña empresa de publicidad y todas las mujeres que pasan por aquí suelen ser espectaculares. No solo las modelos y actrices. Mis compañeras, en su mayoría de ventas, han sido seleccionadas gené-

ticamente por mi jefe para vender su «producto». Y no, no tengo nada que ver con ellas, aunque lo intente.

La verdad es que yo no suelo fijarme en los jefes por muy atractivos que sean, más que nada porque así me ahorro falsas esperanzas, pero cuando llegó a la oficina el nuevo socio, me quedé atónita. Tanto que mi imaginación comenzó a volar... Esta es una de las fantasías que escribí tras su llegada a la empresa:

Richard había llegado desde Londres pocas semanas antes y en la oficina se respiraba una evidente excitación. Era un hombre corpulento y fibroso, podría decirse que físicamente rudo, pero sus movimientos resultaban demasiado elegantes para definirle así. Envuelto en un impecable traje gris, Richard se movía por su gran despacho acristalado de un lado al otro como un bello animal enjaulado al que, desde las mesas, observaban las mujeres con deseo. Yo no era como el resto de mis compañeras, atractivas mujeres de empresa que endurecían sus cuerpos en el *gym*. Yo lo más duro que tenía era la tapa de la *laptop*. Por eso, cuando Richard me invitó a salir me quedé sin habla durante dos días. Yo era un ser insignificante en la empresa, ni siquiera me preocupaba en seguir las últimas tendencias o ponerme rímel. No, no era la chica más popular de la oficina... Pero, de entre todas aquellas mujeres, me había elegido a mí.

Nos citamos secretamente en un par de ocasiones en las que no sucedió nada. A pesar de sus miradas y alguna que otra insinuación, yo terminé en ambas citas sola en mi casa, imaginando que aquel pedazo de hombre me susurraba al oído «Te quiero coger». Pero no. Yo debía de ser un experimento científico para él, una apuesta con los colegas. O quizá una promesa para hacer el bien entre las feas de la empresa. Mientras yo me debatía entre esos pensamientos, sus tórridas miradas desde el despacho acristalado me desconcertaban, y los comentarios de mis compañeras sobre él me provocaban el irrefrenable deseo de gritar «¡Pues ha salido conmigo dos veces!»... Aunque nadie me creería.

Pasaron varias semanas en las que nuestra comunicación se instaló en las miradas, cada vez más sugerentes y directas. Yo esperaba ansiosa un sms, como en las anteriores ocasiones. Pasaban los días, las semanas… Y, al final, llegó. Pero fue un mensaje inaudito: «Quiero que ahora mismo vayas al baño de mujeres. Espérame dentro del último baño. Richard».

Mis piernas comenzaron a temblar. *Al baño. Que lo espere allí. En el último…* Asombrada, me levanté de la mesa y fui hacia los servicios. Estaban vacíos e hice lo que Richard me había indicado. Esperé. Pasaron unos dos minutos y alguien entró, era él, que inmediatamente tocó en la puerta con los nudillos para que le abriera. Antes de que yo dijera nada, me tapó la boca con la mano y me dio la vuelta contra la pared. Sentía sus caderas clavándose en mi trasero y su aliento calentando mi nuca.

Había llegado la hora del desayuno y en ese momento, el movimiento en los baños de señoras proliferaba. Él lo sabía. En pocos minutos comenzaron a entrar mis compañeras. La vendedora divorciada de grandes tetas, Lola y sus curvas de escándalo, Carmen, famosa por sus experiencias multirraciales… Las mujeres más bellas y admiradas de la empresa estaban allí, fumando a escondidas el primer cigarrillo del día y hablando, cómo no, de lo guapo que había llegado Richard esa mañana.

—Te juro que me lo cogía en este baño —dijo una de ellas.

—Pues yo me conformo con que me dé un beso con lengua… Tiene que besar como un Dios… Esos labios…

Percibí cómo él se acercaba a mi oído y susurrando decía…

—Ellas me quieren a mí… Pero yo estoy contigo…

Entonces, cogió mi mano y la llevó hasta su sexo. Nunca había imaginado una verga tan enorme y tan dura. Ni siquiera me había imaginado diciendo estas palabras. Pero, en aquel hombre, todo era inmenso, y en ese instante mi deseo también.

Fuera, mis compañeras continuaban con los comentarios subidos de tono y las risas nerviosas. Noté cómo mis piernas dejaron de temblar cuando él me subió la falda hasta la cintura. Fue un movimiento preciso, tajante, el mismo que utilizó para bajarme las pantis y sacarse la verga, entonces pude notar cómo buscaba el sexo entre mis nalgas hasta encontrarlo. Y comenzó a empujar suavemente, en absoluto silencio, solo yo podía escuchar su respiración ahogada. Una y otra vez, sentí dentro de mí su enorme pene imparable mientras fuera de aquel minúsculo baño unas mujeres suspiraban por lo que yo tenía.

—Ayer pasó por mi mesa y me guiñó un ojo… —escuché vagamente desde el placer. Él continuaba tapando mi boca con fuerza, mientras con la otra mano me pellizcaba los pezones. Yo estaba a punto de gritar.

—¿Te gusta, Mónica?, dime que te vas a venir…

Las palabras del dueño de la empresa en mis oídos eran como latigazos que me recorrían todo el cuerpo. Implacables. Sus testículos me golpeaban con furia silenciosa, a veces lento y otras más rápido. Faltaba muy poco para que llegara al clímax y aquel grito no podría reprimirlo Richard tapándome la boca.

—Sí, te vas a venir ahora…

Comenzó a golpearme por detrás con el miembro, deslizándose entre mi vulva húmeda. Hasta que no pude soportar más el placer y comencé a gritar. Él retiró la mano de mi boca y dejó que todo mi éxtasis se propagara por el baño. Fuera, las voces se apagaron, sorprendidas. Los espasmos de mi cuerpo al llegar al clímax provocaron rápidamente que él me siguiera y también se viniera emitiendo un sonido indescriptible, casi animal. Sí, era un hecho: nos habíamos venido.

—Bien, Mónica, muy bien —dijo al terminar posando su cabeza en mi hombro y sin salir aún de mí. No es que yo tuviera el premio a los orgasmos más alucinantes de la provincia, pero estaba segura que aquel sería uno de los mejores de mi vida…

Richard salió de mí, me colocó las pantis y, con la misma precisión con la que me había subido la falda, la volvió a bajar.

—Regreso mañana a Londres —dijo subiéndose la bragueta— y no creo que vuelva por aquí… —Me miró y, tras un beso húmedo que volvió a estremecerme, abrió el pasador y salió colocándose la corbata ante la atónita mirada de mis compañeras—. Buenos días, señoritas. En el baño no se fuma.

Lo seguí. Y, curiosamente, en mí no hubo atisbo de vergüenza. Levanté la cabeza ante aquellas mujeres, orgullosa de mi hazaña y, de nuevo, sentí algo muy parecido al orgasmo.

—No. En el baño no se fuma… —repetí.

No, jamás ocurrió nada de lo escrito en este relato, de hecho Richard nunca supo de mi existencia, pero yo aún sigo fantaseando con aquel maravilloso encuentro en el baño de señoras.

Pues sí, se dan muchos factores en este relato dignos de comentar y no solo hablamos de que se practique sexo en el baño de señoras, situación excitante por lo inusitada. Existen otros detalles que hacen de esta historia una intensa «multifantasía». En primer lugar, aparece el hombre poderoso, atractivo, digno de admiración. Y enseguida conocemos la visión que ella tiene de sí misma: es insignificante, no llama la atención, su perfil es tan bajo que sus compañeras apenas se percatan de que existe. Y él se fija exclusivamente en ella. Tras el apasionado encuentro en el escusado, cuando Mónica sale del baño tras él, la satisfacción es extrema. En este punto no solo aparece la revancha, también es un ejercicio de exhibicionismo, no esperan a que las mujeres se ausenten para abandonar el baño: él lo ha hecho de forma premeditada, buscando el momento en el que estarían en los servicios. Así, en el instante preciso, al terminar, sale y se muestra.

Si fuéramos más allá, podríamos incluso atisbar cierto aroma a voyeurismo, mientras escuchan los comentarios de las compañeras.

Aprovechemos este relato para insistir sobre un tema que trataremos después: el concepto que tenemos de nosotras mismas y de nuestro cuerpo. Mónica se define como una mujer poco agraciada, que no sigue las modas y que, en apariencia, no cuida de su aspecto físico. Lo tiene tan asumido que para ella es imposible que un hombre de las características del inglés se fije en ella. No es extraño, tiene tan claro ese papel que probablemente es lo que proyecta. Y este es uno de los principales motivos por los que no se consiguen los objetivos y se tira la toalla. Es la causa que nos impide verbalizar y compartir con nuestra pareja fantasías que quizá darían un vuelco a nuestra vida sexual. Si somos demasiado delgadas, con kilos de más o arrastramos cualquier otro complejo tan asimilado que nos impide ver nuestro cuerpo como algo atractivo, es difícil que confesemos a nuestra pareja lo que realmente nos gusta. Mucho menos si lo que nos pone es que nos aten todo el cuerpo con el cable del cargador del celular. La imagen que crearemos en nuestra mente de ese juego está más cerca de un rosbif que de una sensual mujer aficionada al *bondage*. En estos casos, con que la mujer en cuestión practique sexo sin brasier, ya suele ser un triunfo.

Otra fantasía de escenario que se suele dar mucho es la que se realiza en lugares con presencia de agua. Se suele empezar por la ducha… y al final se acaba teniendo sexo en la piscina municipal de Jerez de la Frontera. Lo llamaremos «fantasía acuática»…

Marisol. Veintiocho años. Teleoperadora
Yo no soy una mujer muy pasional, no puedo decir que soy de esas a las que les da el aire y se bajan las pantis. Para nada. Digamos que me tienen que insistir un poquito… Y no es que no me guste mi novio, que luego me pongo y me pongo y me lo paso como Dios. Pero me cuesta entrar en faena, vamos…

Antes pensaba que era por flojera, pero la verdad es que he descubierto que no. Yo no sé si será normal o no, pero he descubierto que me pongo a mil por hora cuando lo hacemos en la ducha. Y fue por casualidad, eso de que estás dentro y entra tu novio a hacerse el tonto y de pronto te ves ahí, duro y dale… Lo curioso del tema es que al día siguiente yo quería más. Y es que, allí en la ducha, me pareció como… distinto. No sé, pero, vamos, que me lancé y ahora soy «la tigresa de la bañera». Casi todos los días, cuando vuelvo del trabajo, anda, a la regadera. Y me encanta. Lo malo, yo no sé si es malo o no, es que ahora pienso todo el rato en cómo sería hacerlo en otros sitios parecidos… En el jacuzzi del gimnasio, en la piscina, en la playa… Me vienen a la cabeza esas burbujas del jacuzzi acariciándonos mientras lo hacemos… ¡Y me pongo a mil! Y pensar en un día de playa… Todo lleno de gente, con sus mesas y sus sombrillas y sus platos de mariscos y mi novio y yo nos vamos para dentro del mar hasta los sobacos… Y él me retira el calzón del bikini y me mete todo lo gordo… ¡Y nadie se da cuenta! Y, encima, sales de lo más curiosito y con una relajación… ¿Y hacerlo en la piscina de mi cuñado? También lo he pensado y eso sí me ha preocupado un poco, porque allí se bañan mis pobres sobrinos y no es plan… Pero, ahora, cuando voy a la paella del domingo pienso: «¡Menudo revolcón echaba yo aquí con mi novio!». Que, por cierto, él está encantado con esta nueva afición mía, pero a veces pienso que está como… celoso. Sí, le extraña que yo pueda tener estas fantasías… Mientras tanto, yo disfruto de lo lindo con mis fantasías en el agua…

Vamos, ¡que solo me falta imaginarme que lo hago en la fuente del ayuntamiento! Al tiempo…

¿Por qué el agua como elemento principal de esta fantasía? El agua suele representar un elemento «purificador», la limpieza, lo pulcro. No parece que la protagonista sea una mujer muy compleja, pero en esa «apatía», en ese «entrar en faena» que tanto le cuesta, se podría hallar una especie de freno que le impide desinhibirse sexualmente. Y, al entrar el sexo en contacto con el agua, para ella supondría una especie de «depuración». Sea por la razón que sea, resulta evidente que Marisol ha encontrado el *punto* que necesitaba para abandonar esa desidia que dominaba sus relaciones sexuales. Tras un encuentro en la ducha, ha descubierto todo un mundo de sensaciones y, aunque aún no las lleve a la práctica, las ha compartido con su pareja y las utiliza para su propia excitación, algo muy positivo. Las fantasías son arriesgadas: en su caso, la piscina de su cuñado supone un freno que le hace autocensurarse por respeto a sus sobrinos, pero eso es tan fácil como incluir en la fantasía a un señor que después del acto deje la piscina como espejo... Es lo bueno que tienen las fantasías: si ella quisiera, incluso podría ser penetrada a cuatro patas en el Parque Acuático de Madrid...

Sole. Treinta y ocho años. Decoradora

Mi fantasía sexual siempre ha sido hacerlo con un camionero. Con uno de esos armarios roperos que te pitan desde el tráiler. La de testosterona que tiene que ir acumulada en esas cabinas.

Me gustaría llegar a un motel de carretera con estacionamiento para camiones. Una explanada llena de grandes camiones, cuanto más grandes mejor, nada de furgonetillas de repartidor, NO. Tráileres de los que llevan detrás «exceso de largo» o el cartel de «sustancias peligrosas»... Me pasearía delante de ellos con muy poca ropa, para ponerlos bien cachondos, como si yo fuera una fulana, provocándolos. Y, de los que estén dispuestos, invitaría al más corpulento y me lo llevaría hasta el motel para que me hiciera lo que le diera la gana. Allí, en una pequeña habitación me destrozaría. Te puedes equivocar, pero me imagino a estos tipos como auténticas bestias en la cama, dispuestos a partirte la columna a empujones, sin medida, sin control y con muchas ganas de sexo.

Otras veces la fantasía cambia y estoy en una carretera haciendo autostop, es una larga carretera de las que salen en las películas americanas, con desiertos a uno y otro lado y apenas tráfico. Llega un enorme tráiler tuneado, con grandes tubos por donde suena una bocina ensordecedora. Para a la altura de donde estoy yo y un hombre robusto, con gafas oscuras y masticando chicle, abre la puerta y me invita a subir. Lo hago y le pido que me lleve a la ciudad más próxima. Tiene los brazos completamente tatuados y una camisa de cuadros recogida hasta el codo, son unos brazos enormes, sus manos lo son. El gran volante parece pequeño entre ellas. La cabina está repleta de fotos de grupos de rock duro y de mujeres muy exuberantes que posan provocativamente enseñando su cuerpo. Pregunto si ese tipo de mujeres son las que se la ponen dura y él, muy sereno, sonríe, me mira y me dice que no, que le gustan más putas, como yo. Entonces me coge la cabeza y me la lleva hasta su sexo, no me siento violentada, todo lo contrario, me gusta que actúe así, aquel lugar me excita tremendamente: y, sí, quiero chupársela y lo hago. Cuando siente que va a llegar al orgasmo se aparta de la carretera y para en la orilla. Durante unos segundos jadea y después de limpiarse con un trozo de papel higiénico pone el CD a máxima potencia. No volvemos a hablar ni una sola palabra, me deja en la ciudad y desaparece con su enorme camión.

Este tipo de fantasías suelen ayudarme bastante en mi vida en pareja y, si a mi marido le gustan las películas porno, a mí las fantasías con camioneros. Jamás llevaré a la práctica esta fantasía, solo espero que mi marido no se convierta en el nuevo Rocco Siffredi.

Esta es una fantasía de lugar muy interesante. Imaginamos que, siendo decoradora, tendrá un bonito hogar; sin embargo, Sole cambia radicalmente su entorno por un motel de carretera y una cabina de camión. En esa variación de escenario, reside el *punto* que busca. Pero además explora en otro tipo de hombre

que suponemos nada tiene que ver con su marido: un camionero de tráiler. Si probamos a buscar en Google la palabra *camionero* aparecen curiosas y muy interesantes instantáneas, aunque
me temo que pocas tienen que ver con la idea que Sole se ha
formado de su imaginario amante.

En este ideal que tiene del camionero hay bastante de fetichismo. Es un personaje muy concreto, con unas características muy
marcadas para ella: el camionero de sus fantasías es un macho
dominante, una grande y poderosa máquina sexual, como su
enorme tráiler.

14

SEXO ENTRE MUJERES

Fantasear con sexo entre dos mujeres no es patrimonio exclusivo de los hombres. En un estudio que Durex realizó sobre las fantasías en el año 2008, se desprendía algo realmente significativo: el 31 por ciento de las mujeres interrogadas fantaseaba con relaciones homosexuales para excitarse... Efectivamente, la admiración por alguien del mismo sexo provoca intensas fantasías en algunas féminas. De hecho, existen mujeres que únicamente se excitan con personas de su mismo sexo, aunque la vida sexual con su pareja (hombre) sea del todo satisfactoria. No obstante, es cierto que en la mayoría de los casos hay bastantes reservas a la hora de verbalizar esta fantasía por miedo a ser catalogadas. Este tipo de pensamientos pueden aparecer por varios factores: la belleza subjetiva de una mujer, la belleza objetiva, su poder, la complicidad...

Sonia. Cuarenta y dos años. Agente de viajes
Me llamo Sonia, tengo cuarenta y dos años y llevo con mi marido catorce. Desde que tengo uso de razón me he masturbado pensando en mujeres, pero jamás llevaría esta fantasía a la práctica, porque, sinceramente, no creo que me gustara comer un coño. No es

por una cuestión de prejuicios, soy una mujer liberal que habla de sexo sin problema, e incluso mi marido conoce esta afición mía, algo que por cierto le excita bastante. Es, simplemente, que no me atraen las señoras. Pero, cuando veo una mujer con algo que me cautiva, la convierto en objeto de mis fantasías. Por su físico, por su inteligencia, por algo que llama mi atención… Cuando conozco a alguien así, se produce en mí un *clic* que no puedo controlar. Esto no quiere decir que la mire y desee tener relaciones sexuales con ella, ni que le mande mensajes obscenos al celular; de hecho, puedo pasar un mes de vacaciones con esta persona y jamás pensar en el tema. Es algo más complejo.

Hace unos meses, una compañera pidió una baja por embarazo en la agencia de viajes donde trabajo. La persona que trajeron para sustituirla resultó un absoluto descubrimiento. Su forma de andar, de hablar… Quizá fuera la inocencia que me transmitía… No lo sé, pero pronto entró en mi intimidad. Era muy joven, recién salida de la Facultad de Turismo, y yo comencé a fantasear con encuentros sexuales en la agencia, después de bajar la persiana. Me imaginaba acariciando su sexo, todo muy lento, nada de chicas desenfrenadas de esas que salen en las películas porno. Mis *partenaires* imaginarias no han que tener ninguna tendencia lésbica, ellas siempre son heterosexuales… Podríamos decir que son «mis vírgenes» y yo soy la que las arrastro a la perdición. Y una norma inquebrantable: no pueden tocarme, ni besarme, solo yo les doy placer. Eso es lo que más me excita, que ellas gocen mientras yo las masturbo hasta que pierden el control. Y, cuando se vienen, me vengo yo también. Estos «idilios» pueden durar semanas, pero generalmente duran un par de sesiones o tres, hasta que encuentro sustituta.

Mi marido siempre dice en tono de broma que deberíamos probar, pero lo cierto es que jamás me acostaría con una mujer. Me da como asquito…

Parece que Sonia tiene muy claro que no le atraen las mujeres, al menos eso se deduce de la contundente frase «No creo que me gustara comer un coño». Sin embargo, en sus fantasías las hace absolutas protagonistas; no solo eso, ella no es un sujeto pasivo, sino todo lo contrario, es la que lleva la batuta de la fantasía, la que se acerca y la que maneja el encuentro sexual.

Podrían existir muchas teorías al respecto. La más compleja apuntaría a que «la otra» en realidad es un reflejo de ella misma. También se podría traducir en un dominio sexual de las mujeres por una cuestión de complejo de inferioridad, que en las mujeres encuentra la complicidad suficiente para liberar del todo sus instintos o, simplemente, que es lesbiana y pueden más dos tetas que dos carretas, pero que se niega a salir del clóset. Dado que este no es un tratado psicológico, no ahondaremos más en lo que le lleva a este tipo de fantasías pero sí habrá que hacer una breve parada en la actitud de su pareja.

Según relata, le confió estos pensamientos íntimos y él no solo no se mostró molesto, sino que los recibió con gran agrado. No es un descubrimiento que a muchos hombres les excita la visión de dos mujeres practicando sexo y se imaginan saciando la sed sexual de las pobrecitas necesitadas de hombre… Quizá sería muy distinto si las fantasías de Sonia las protagonizara otro hombre.

Otro tipo de fantasía femenina es la que se inspira en el sexo con mujeres muy masculinas. Mujeres que, por su físico y actitud, se asimilan bastante a un hombre, excepto por «ese pequeño detalle»…

Analía. Veintiséis años. Recepcionista
Desde hace un tiempo acudo asiduamente al gimnasio. Es uno de esos lugares enormes con docenas de aparatos en los que te ponen

una tabla de ejercicios y te asesora un entrenador. En mi caso, el entrenador en cuestión es una mujer. Pero no una chica con enormes pechos y cuerpo torneado. No. Mi entrenadora es lo más parecido a un hombre en trescientos kilómetros a la redonda. Pelo muy corto, mandíbula pronunciada… Su cuerpo es pura fibra, sin atisbo de feminidad por ningún lado. Podría afirmar que hasta mi novio tiene unas caderas más sensuales que ella. Se mueve, actúa y se expresa como un hombre y, aunque no es algo de lo que hablemos abiertamente mientras endurecemos glúteos, su tendencia sexual es obvia. Incluso a veces pienso que coquetea conmigo, y eso es algo que me provoca gran excitación. Ella lo sabe, y eso también me pone a cien. En realidad, ella es un chico malo que «te va a dar lo tuyo», pero con la «pequeña» diferencia de que ella no tiene pene. Lo de pensar en ella más allá de la tabla de abdominales suele aparecer cuando estoy sola en mi departamento. Jamás utilizo este pensamiento para ayudarme en mis relaciones sexuales, por otro lado muy placenteras.

Entonces, en soledad, imagino situaciones cotidianas con ella: entrenando en el gimnasio, en el vestidor, en la piscina… Estamos estirando abductores y comienza a acariciar mi sexo. O en el vestidor, mientras me cambio de ropa, aparece por detrás y me roza los pechos, y luego comienza a bajar por el estómago hasta terminar en mi vagina. Me excita palpar sus brazos musculosos, su piel suave y sin vello. Es realmente un hombre, pero… Me gusta imaginar que me toca, que entra hasta lo más profundo de mí con sus dedos, que hace que me venga. En otras ocasiones me lleva en su moto hasta un lugar oscuro y me lo hace allí, en cualquier parte. Me penetra como un hombre, con la masculinidad y el vigor de un hombre, pero sin serlo.

Supongo que nunca cumpliré esta fantasía, creo que me vería obligada a cambiar de gimnasio y el más cercano está a cuarenta kilómetros. Mejor no.

Cabría preguntarnos por qué Analía, una mujer heterosexual y con pareja, se excita con una mujer que parece Chuck Norris. Y en eso radica el misterio de las fantasías sexuales: ella no esperaba que le sucediera nunca algo así, pero ha sucedido.

Muy al contrario de lo que pueda parecer, este tipo de atracciones no es inusual, sobre todo entre mujeres heterosexuales. Pero probablemente, si esta entrenadora fuera un señor llamado José Fernando, no le atraería en lo más mínimo. En esta atracción existe un efluvio de curiosidad, por eso Analía se entrega a esas fantasías: ella es un sujeto pasivo, que deja que la entrenadora la lleve al orgasmo, le excita el descubrimiento.

Llama la atención el hecho de que la protagonista únicamente haga uso de esta fantasía cuando está sola. ¿Por qué? Probablemente sienta cierto pudor por ese deseo y no solo no lo comparte con su pareja, ni siquiera lo utiliza en secreto cuando mantiene relaciones con él.

En cualquier caso, si hacer realidad esta fantasía supone tener que viajar cuarenta kilómetros para pararse de cabeza en la escalera de ejercicio, mejor que la cosa se quede como está.

15

CIBERFANTASÍAS

Por lo general, Internet se puede considerar más un vehículo para la propia práctica sexual (buscar contenidos eróticos, pareja...) que una fantasía propiamente dicha. Pero existen muchas mujeres que lo utilizan para estimular su fantasía. Ciertamente, el cibersexo es una práctica, pero no podemos negar que hay un poderoso factor llamado imaginación. La curiosidad y el desconocimiento sobre la verdadera identidad del interlocutor suelen poner en marcha el mecanismo del deseo. Sí, este tipo de fantasías tienen la peculiaridad de que el otro no solo aparece en nuestra mente; suele estar presente aunque de forma virtual; es un juego en el que a través de mensajes se finge tener sexo para estimular la imaginación, no olvidemos los componentes que suelen acompañar a estos encuentros: realmente no sabemos quién es el que está al otro lado de la pantalla. La mujer que elige esta fantasía cibernética suele dibujar un juego de roles, un acto sexual, crea el perfil del otro con los datos que aporta. Quizá ese ingeniero astrofísico de cuerpo escultural que aparece en la foto del perfil es en realidad el famoso psicópata de las pestañas postizas.

Para evitar un disgusto innecesario, se recomienda no facilitar ni la dirección del domicilio, ni el número secreto de la Mastercard. Por lo general, los psicópatas suelen ser bastante conflictivos y acaban asesinando y cosas por el estilo. Cuidado.

Bromas aparte, no podemos obviar que la persona que está al otro lado puede que no sea quien dice ser; incluso manteniendo una relación de años, se ha demostrado que el tiempo no es a la fuerza un instrumento para conocer realmente al interlocutor de esta fantasía, una fantasía que en algunos casos se desea llevar a cabo y que se convierte en una relación real. Por ello resulta poco conveniente ofrecer datos que a posteriori nos pudieran perjudicar. A la hora de hacerlo, debemos ser precavidos, no olvidemos que la red es un poderoso transmisor para compartir información, historias y, sobre todo, imágenes. En el caso de la existencia de un intercambio de fotografías o videos íntimos que estimulen la relación y la fantasía creada, habrá que sopesar antes los pros y los contras: si no es algo deseado, resulta bastante incómoda la difusión de videos personales en actitudes de alto contenido sexual.

En estas fantasías se establece una especie de vínculo que las prolonga, creando una especie de «relación». Pero no estamos tratando la búsqueda de relaciones por Internet, sino las representaciones sexuales que se provocan en este tipo de medio, el *punto* que podemos hallar en el cibersexo. Ya hemos dicho que este en sí mismo no es otra cosa que un vehículo para el placer, no una fantasía.

El primer paso es tener claro nuestro objetivo: no es lo mismo ir tras un momento de desahogo con un desconocido que buscar novio formal por Internet. En este caso debemos elegir bien el lugar al que acudir. Si lo que se desea es sexo puro y duro, recomiendo los chats del tipo «Busco novia para casarnos en Los Jerónimos». A pesar de ese nombre, tranquila, solo quieren coger. Sería muy raro que dieras con uno cuyo objetivo realmente fuese pasar por la vicaría.

Una vez despejado nuestro propósito, llega el momento de la elección del individuo, el que será el detonante para el placer. Existen muchas formas de activar ese detonante. En mi libro *Quiero ser como Letizia, en busca del hombre perfecto*, realizo un exhaustivo análisis sobre el tipo de perfiles que podemos hallar en la red y sus fórmulas para atraer a la hembra. Pero en esta ocasión los resumiré en dos tipos: casados y no casados.

- **Los casados:** los hombres casados (o con pareja estable) son los más recomendables para entablar un único encuentro virtual, una única fantasía. Pero ¿cómo reconocer a un casado en la red? Y, si lo ponen en su perfil, ¿debemos confiar en que sea cierto? Evidentemente no. Queridas: sobre este particular, aconsejo que se guíen por la intuición. Por ejemplo, un dato que delataría su estado civil es que al minuto uno afirman que son solteros solterísimos. Sí, los casados son algo así como un *fast-food-fantasy*. Este género suele ser el ideal porque, excepto los expertos en infidelidades, acostumbran a tener compromisos emocionales que les impiden enredarse demasiado. Si bien al principio intentan entablar una conversación, basta con que pronuncies esta frase para ir al grano sin vacilaciones: «Me importa un pito tu colección de chácharas. Yo solo quiero masturbarme». Esa será la contraseña para que comience el festival de proposiciones sucias, generalmente por la pregunta: «¿Cómo vas vestida?».

No profundizaré más en este diálogo, pero suele dar mejor resultado responder a esa pregunta con un «Solo llevo unas pantis rojas» que «Llevo un pijama de algodón del súper con la cara de Bob Esponja». En tus manos está encender la llama del deseo, la imaginación es primordial.

- **Los no casados:** en este caso, para comprobar si realmente es un soltero, solo has de pedirle la dirección y anunciarle que en diez minutos te presentas en su casa vestida de la coneja más cachonda de la Mansión Play Boy. Si se niega, es muy probable que tenga pareja estable desde los catorce años. Estos no casados son un grupo ideal para las mujeres que necesitan más preparación de cara a la respuesta sexual. Como ya explicáramos anteriormente, son muchas las que no reaccionan sexualmente si no existe una historia previa. No pasa nada: la gran mayoría de estos hombres, por echar un ciberpalo, son capaces de asegurar que son una caja de bombones de chocolate.

  Por lo general, no se ruborizan y tienen tiempo para preparar la puesta en escena: ellos no tienen nada que esconder ni niños que bañar, están dispuestos a jugar a la carta más alta y a sorprender con las más sofisticadas tramas. Para conseguir su plan estudiarán a la presa y, una vez localizado el perfil de la fémina, actuarán como consideren oportuno. Por ejemplo es muy distinto seducir a una mujer que tiene como *nick* «Encajedebolillos_abuelita76» que la que se hace llamar «Coñitocaliente». Suelen preferir a la segunda candidata ya que la primera da demasiados datos sobre sí misma… La mujer ha de elegir el *nick* con el que quiere ser seducida para atraer al hombre correcto, esa es su tarjeta de presentación…

Evidentemente, no existe de momento ningún estudio ni referencia científica que apoye estas reflexiones sobre los mencionados perfiles de señor, pero seguro que la amplia experiencia de algunas mujeres en Internet podría respaldar esta teoría sobre los «tipos de tipos».

Una vez tenemos claro el objetivo, la búsqueda del individuo y nuestra presentación, el resto es pan comido. Estamos preparadas para encontrar el *ciberpunto*...

Angelita. Cuarenta y seis años. Ama de casa
Me encanta calentarme chateando con hombres. Y, además, odio que me envíen su foto, no tengo ninguna gana de saber cómo son, ya me he encontrado con demasiados feos que me han quitado las ganas. Hace ya diez años que instalé Internet en mi casa, y desde entonces he tenido la oportunidad de conocer a todo tipo de *frikis*. Al principio, como la relación con mi marido era un fastidio, en cuanto encontraba a un señor que me daba conversación, me enamoraba de él locamente y me ponía a hacer planes para escaparnos juntos al extranjero. Normalmente esos hombres que me prometían amor eterno ya tenían su amor comprometido con una señora y dos hijos monísimos con todas las vacunas puestas. Y, claro, me llevé un montón de decepciones. ¡Pero es que me encolaba de verdad! Era como si en mi mente me montara una telenovela... Me pasaba el día esperando su *mail*, un sms, una llamada, luego otro *mail*... Realmente era un sinvivir. Después de que uno me dejara tirada en la carretera de Burgos esperándolo en un motel, decidí que aquella búsqueda ridícula se acababa, que mi marido era muy buena persona y que no se merecía lo que a escondidas le estaba haciendo. Decidí que lo único que buscaría en la red sería sexo, pero sin contacto físico. Se acabaron las promesas y los te quiero. Solo cibersexo, los utilizaría como una fantasía para pasarlo bien, pero nada más.

Empecé a entrar en chats de sexo en los que no hacía falta ahondar en conversaciones: «Hola, qué tal, me gustaría coger contigo». Eso era suficiente, nada de sentimientos ni de promesas. Y me ha funcionado.

Es muy sencillo: yo me imagino que el tipo con el que estoy hablando tiene un físico que me pone mucho, y luego lo dejo hacer.

Normalmente yo también me adjudico una fachada agradable para él, si le gustan las rubias, casualmente yo soy rubia; y si le gustan las morenas, tengo el pelo negro como el carbón. Y poco a poco nos vamos poniendo a tono… Él escribe todo lo que me hace, por dónde me toca, cómo se toca él, cómo se le está poniendo de dura… Y yo le respondo escribiendo gemidos y frases sucias sobre lo mojada que estoy y lo que quiero que me haga. Funciona fenomenal pedirles que te den por el culo, algo que yo jamás haría pero que, por la mayoría de las reacciones de los chicos, para ellos debe de ser la bomba pura. Normalmente, ellos son los que me hacen cosas y yo me dejo hacer. Después de un ratito dándole a la tecla, nos ciberveníamos y nos despedimos sin mucho verbo. Yo pienso que ellos sí se vienen de verdad, sobre todo porque hay un momento de pausa donde dejan de escribir, pero yo no, durante la conversación no me masturbo, me resulta incómodo. Lo hago justo después, tranquilamente. Incluso a veces aprovecho la calentura para las relaciones con mi marido. Ahora estoy bastante feliz y no le pongo los cuernos…

No hace falta ser Freud para deducir que Angelita no siente ninguna atracción sexual por su marido y que necesita de estímulos externos para excitarse. Sí, amigas, los caminos de Internet son inescrutables… ¡Ay de aquella mujer que sucumbe a sus tentaciones! Puede acabar en un motel de la carretera de Burgos esperando a un príncipe azul que, en realidad, solo quería unos cuantos civerpalitos. Es muy importante el conocimiento de una misma, de la circunstancia, de los límites que tiene, pero, sobre todo, de lo que queremos encontrar. La protagonista de este relato al principio no buscaba fantasías, es obvio que deseaba hallar una relación seria que la sacara de un matrimonio tedioso. Pero, como ocurre en muchos casos, después de ver cómo está el mercado, Angelita decide que su marido es la mejor opción en el continente europeo y que «más vale lo bueno conocido que lo malo por conocer».

Sin entrar en un debate sobre esta decisión, lo que sí queda de manifiesto es que toma la determinación de no volver a caer en las garras de los cibergalanes que tanto daño le han causado. Se queda con su marido y la parte positiva de su experiencia virtual: tomará la estimulación que le ofrecen para su propio provecho, algo que le está resultando muy satisfactorio, incluso para su matrimonio.

Aunque, como ha ocurrido en otros casos citados en este libro, no sería nada descabellado que, en uno de esos encuentros, hallara una relación más allá del cibersexo. Entonces, habría que decir hasta nunca al marido de Angelita.

Vayamos con otro tipo de ciberfantasías. Nuestra amiga terminó de encontrar el *punto* en el cibersexo ocasional, pero, como ya adelantábamos, las hay que necesitan del deseo para que se pueda producir la respuesta sexual. Y para ello es indispensable una minuciosa labor de guion y puesta en escena. Son claves las características del hombre y su forma de seducir, no vale un «Me llamo Abilio, soy albañil sin trabajo y quiero que me la chupes». Hace falta *preparación,* un cierto hechizo... Sobra decir que este tipo de fantasías son muy peligrosas, si la mujer que participa de este juego realmente llega a creerse el argumento, es posible que acabe esperando en un motel de la carretera de Burgos a alguien que no llegará jamás.

Tamara. Treinta y nueve años. Periodista
Trabajo unas dieciocho horas al día, algo que, muy al contrario de lo que pueda parecer, no me importa en absoluto, amo mi trabajo. Pero reconozco que esta pasión laboral me impide hacer demasiada

vida social, el último chico con el que salí creo que se casó y ya tiene un hijo en la Complutense. Estas circunstancias y mi absoluta pereza para conocer hombres me empujaron a entrar en el mundo de los chats y el cibersexo. Es tan cómodo… Llegas a casa, te duchas, te sientas en la computadora con un alias un poquito gracioso y ya estás charlando con veinte tipos diferentes. Yo, depende de cómo tenga el día, elijo uno u otro nombre: si quiero un rollito más sexual, me pongo «Deborah-Sex_21» y en menos de un segundo tengo a un montón de señores dispuestos a darme placer. Si, por el contrario, tengo un día difícil y necesito cariñitos, basta con llamarme «Laura_Ingalls» para conseguir mi objetivo. Aunque hay que decir que en las mentes calenturientas de algunos hombres, da igual el *nick* que elijas: «Dora-Exploradora» para ellos es una señora muy cerda dispuesta a bucear en su braguera…

He de confesar que este tipo de relaciones rápidas no son las que más me inspiran; las que realmente me gustan son las que se van creando, como una historia real, con sus tramas y personajes… Siempre en el caso de que las dos partes estén de acuerdo, claro. Todo comienza cuando charlo durante un rato con un hombre y veo en él las características que generalmente me pueden atraer. El físico no es importante, no necesito su foto, basta con que se ciña a mis indicaciones. Primero, y tras esa conversación inicial en la que he intuido las aptitudes que busco, le comunico mi objetivo y mis «condiciones».

En realidad, suelen ser una serie de puntos necesarios para que me atraiga un hombre: ha de tener un físico determinado, un nivel intelectual, una posición, unos gustos sexuales concretos y una historia detrás inventada por mí. Pero no siempre estas condiciones tienen que ser las mismas, cada hombre que encuentro en la red es distinto y, por lo tanto, mi mente se imagina de una forma diferente sus circunstancias. El hecho de que yo haya «diseñado» a esos hombres, me impide caer en algo más que la pura relación virtual, y me resulta realmente cómodo. Hoy día un compromiso me complicaría bastante la existencia.

Mi actual ciberfantasía está siendo muy satisfactoria para las dos partes y no existen compromisos ni visos de que los haya en un futuro. Aunque en un principio mi *elegido* pensó que yo estaba como una cabra, accedió a la propuesta. Estas fueron mis condiciones para él:

FÍSICO: Alejandro. Cuarenta y siete años. Eres un hombre alto, fuerte, con grandes espaldas y un poco pasado de peso. No soporto a los hombres delgados. No me gustaría escuchar expresiones como «Me voy a poner a dieta» o «Llevo todo el día en el gimnasio». No aguanto a esos tipos que se cuidan como *vedettes*. Prefiero que me hables del pedazo cocido y las dos botellas de vino que te acabas de meter entre pecho y espalda.

PROFESIÓN: Tienes una agencia de viajes de lujo con ocho sucursales repartidas por la geografía española. También tienes otra en Rusia y ahora estás poniendo en marcha una en Shanghái.

NIVEL INTELECTUAL: Licenciado en Turismo. Lees los periódicos, te informas y a veces te bajas algún libro en el iPad para poder leer en los aviones.

AFICIONES: Viajar, el golf y los caballos.

ESTADO CIVIL: Casado. Tienes tres hijos, dos de ellos en la universidad.

GUSTOS SEXUALES: Te vuelven loco las mujeres rubias naturales, sobre todo por el color del pelo de su sexo. Estás muy bien dotado y eres un Dios en la cama. Te excita mucho hacer cunnilingus y dar placer. Has de tener en cuenta que me excitan las palabras como *coño, verga, venirse* y sobre todo los insultos en el momento del acto. Me vuelve loca escuchar adjetivos como *zorra, sucia, puta* y cositas por el estilo. Siempre empezaré yo.

LA HISTORIA: Nos conocimos en un avión y el flechazo surgió

rápidamente. Estás en Shanghái y no hemos podido volver a vernos. Pero nuestra relación es una aventura maravillosa.

Yo: Anna. Cuarenta años. Soy una profesora de universidad divorciada y sin hijos. Vivo sola y también me encanta viajar y los caballos.

Prohibiciones: Facilitar cualquier dato que pertenezca a tu realidad, como por ejemplo: «Ayer no me pude conectar porque tenía taller de costura». Si no has podido conectarte, fue porque tenías que recibir al ministro de Turismo chino en tu casa de Shanghái.

No es fácil que los hombres accedan al juego, y muchos de los que lo hacen duran tres días o hacen que se pierda toda la magia con algunos comentarios relacionados con su vida real. Yo tengo claro que este es el perfil de hombre que me seduce en ese momento y cualquier cambio en la historia hace que deje de atraerme.

Sí, Alejandro accedió tras una serie de vacilaciones, pero al final se entregó de lleno. A veces pienso que se dedica a algo creativo, por la imaginación que pone al argumento de la historia, pero la verdad es que me importa un pepino que sea Pérez Reverte o la primera dama de Polonia. Hace lo que yo quiero a la perfección y eso me basta.

Nunca empezamos por el sexo, siempre hay preguntas relacionadas con el trabajo, con temas de actualidad… Hasta que yo digo que estoy caliente y que tengo ganas de sexo. Entonces comienza el juego. Él me dice que soy una golfa y que me va a meter la verga hasta el fondo y yo me excito muchísimo imaginándome al hombre que tengo en mi mente haciendo tal acción. Eso sí, siempre antes, Alejandro sabe que tiene que pasarse por mi coño y decir lo cachondo que le ponen los chochos rubios… Tras un tiempo escribiendo, llegamos al orgasmo y nos quedamos en silencio, sin escribir palabra alguna, para posteriormente retomar la conversación, como si fuéramos una pareja normal después de tener sexo.

Casi no recuerdo cómo era mantener una relación física con un hombre, pero hasta que decida rememorarlo… Puedo asegurar que disfruto muchísimo con estos cibernovios de diseño.

Impresionante la precisión de Tamara-Anna… En su historia se conjugan muchos factores que podrían acercarse al BDSM, como los juegos de rol (juego de interpretación de roles: papeles o personalidades diferentes a las propias), el dominio, la sumisión, el fetiche… Tamara dice no recordar cómo era mantener una relación sexual, algo que podría derivar en un problema. Lo evidente es que ella domina, pone las normas y en ese diseño no hay lugar para la realidad. De profundizar en su caso, probablemente encontraríamos un problema de comunicación notable. Pero de lo que no cabe duda es de que ella sabe conjugar con gran precisión la disciplina y el orden con la imaginación más desbordante. «Esto es lo que quiero y, si estás de acuerdo, juguemos.» Como decíamos al principio, es su fórmula para encontrar el deseo y, consecuentemente, la reacción sexual.

Mirado desde una perspectiva objetiva, podemos decir que la opción de Tamara podría ser uno de los mejores métodos para tener una vida sexual perfecta… Tiene el hombre que le atrae, sus circunstancias, su sexualidad… Sí, es el hombre perfecto. Solo un minúsculo detalle: es más falso que una prenda de Lakoste. Para muchas mujeres, resulta más satisfactorio poder tener una discrepancia, aunque solo trate sobre cómo bajar la tapa del escusado después de miccionar.

16

CUARTOS OSCUROS

Entrar en un lugar donde reina la más absoluta oscuridad, donde no se puede ver ni ser visto, donde predomina el tacto por encima de lo visual. Un gran clásico. En el interior de los cuartos oscuros, puede haber un número indeterminado de personas entregadas al placer... La oscuridad es la licencia para un juego sexual que, según sus devotos, amplifica las sensaciones. La otra versión es «ojos que no ven, corazón que no siente». Pensemos que muchas mujeres desean participar en juegos de grupo, pero por diferentes lastres no se atreven. Este método es una buena fórmula para superar sus miedos. Aunque estas estancias abundan entre los gays, no proliferan demasiado en el mundo heterosexual, algo que parece que está comenzando a cambiar. Mientras tanto, las féminas que se sienten atraídas por esta práctica sexual podrán ir abriendo boca con el infinito mundo de la fantasía...

Lourdes. Cincuenta años. Comadrona
Estoy casada y soy madre de tres hijas. La mayor me ha convertido en abuela hace seis meses. Cuando tuve a mi segunda hija, mi constitución cambió notablemente. Comencé a engordar y, a pesar de

intentarlo, tras aquel parto me sobrevino una fuerte depresión que me hacía comer más de la cuenta. Mi cambio físico se hacía evidente día a día. A mi marido jamás le importó, él es un hombre maravilloso que me quiere y, si bien se preocupaba por mi salud, el que yo pesara más o menos no frenaba mi atractivo. Pero para mí sí. Poco a poco, las relaciones sexuales se fueron haciendo cada vez menos frecuentes: yo no me concentraba, me avergonzaba desnudarme, que me tocara el cuerpo, los pechos. Para mí, el sexo se convirtió en un expediente que tenía que cumplir porque quería a mi marido. Pero se había convertido en un infierno, yo no quería.

Sin embargo, sí sentía deseo, era la presencia del otro lo que reprimía mis ganas de sexo. En mi soledad, me masturbaba y tenía el mismo placer que antes; era mi marido lo que me producía aquel rechazo. La vergüenza. Entonces comencé a pensar en un lugar en el que nadie pudiera verme, en el que mi cuerpo permaneciera oculto. Un sitio donde nadie me viera pero yo tampoco pudiera ver a nadie. La oscuridad más absoluta. Al principio me imaginaba que allí estaba mi marido, pero él no sabía quién era yo; esa sensación no me gustaba, paradójicamente me molestaba que participara, y pronto lo saqué de mis fantasías. Así que empecé a fantasear con otros hombres, desconocidos, ninguno olía como mi marido, ni tenía el tacto de mi marido… Yo puedo sentir sus cuerpos, su pelo, cómo me tocan y me penetran, pero no los veo. Y ellos a mí tampoco. Aparecen de todos los lados, es como una explosión de placer y, a medida que la excitación va *in crescendo*, ellos se van sumando. Tres, cuatro, hasta cinco hombres dándome placer. Y entonces llego al orgasmo y es intenso y liberador. Como lo era antes.

Lo que me preocupa no es la fantasía, sino el no poder tener una vida sexual normal con mi marido, al que adoro. Espero poder superar pronto este bache y que todo vuelva a ser como antes.

Si para Lourdes es un problema esta situación, deberá tomar cartas en el asunto y buscar ayuda. Pero, si no lo fuera y su fantasía formara parte de su sexualidad matrimonial de forma natural, podríamos decir que es un complemento más. Ella misma puntualiza que el problema no son los cuartos oscuros que aparecen en su mente, sino su incapacidad para aceptar su nuevo físico: su único modo de sentirse especial, deseada, de desinhibirse es en la oscuridad. Ahora viene el arduo camino de la aceptación. También puede optar por el arduo camino del dietista, aunque me temo que ese camino solo correspondería a poner un parche en la rueda de la bicicleta...

Sonsoles. Treinta y ocho años. Ingeniera de caminos desempleada
Mi marido y yo vivimos en una preciosa zona residencial. Tenemos dos niños de tres y cuatro años y vamos a misa los domingos. Yo siempre había trabajado en un despacho, pero, con la crisis, la ingeniería quedó tan tocada que tuvimos que bajar la cortina. Entonces mi marido decidió que era un buen momento para ser padres. Yo podría hacerme cargo de los niños hasta que pasara la tempestad y luego retomar mi trabajo cuando ya fueran mayores. Así lo hicimos. Pronto me quedé embarazada del primero, y en cuanto supo gatear fuimos por el segundo. Tener niños no es sencillo y, en nuestro matrimonio perfecto, a veces tengo la sensación de que hay piezas «dañadas»...

Mi marido, antes de la llegada de los pequeños, llegaba a casa a media tarde para que fuéramos al cine, o para salir a tomar una cerveza, o para tumbarnos en el sofá a escuchar música. Ahora, tiene tanto trabajo que llega justo cuando los niños están dormidos. Al principio no lo noté, pero pronto me di cuenta de que lo hacía premeditadamente. Hasta los fines de semana tiene trabajo a veces, algo que antes no sucedía jamás. Incluso nuestras relaciones sexuales se deterioraron: primero los embarazos, luego el posparto, luego que los niños lloran, después que no me apetece... Nos fuimos separando. No, no pienso que él tenga una amante ni nada por el estilo, no es de esos. Probablemente, cuando llega tarde es porque se ha quedado navegando por Internet en el despacho, haciendo tiempo para no tener que bañarlos o esperar a que se duerman después de su duro día laboral. Tener niños no es fácil. Tampoco para mí.

Hasta que los pequeños entraron en la guardería, yo tenía el día muy ocupado con sus lloros, sus catarros y sus juegos. Pero, al inscribirlos, me he dado cuenta de que la casa se me cae encima. Llevaba trabajando desde los veintitrés años, mi vida había sido una vorágine de actividad, viajes y proyectos por el mundo y ahora me encuentro poniendo lavadoras. Lo más excitante de mi vida es ir a Pilates. Pero no solo eso, mi deseo está muerto. No tengo ganas de mantener relaciones sexuales y, cuando las tengo, he de pensar en fantasías muy subidas de tono. Ni mi marido ni yo somos personas liberales, más bien todo lo contrario, por eso me sorprende que mi mente necesite de estos estímulos. Pero me ayudan a excitarme y, cuando no pienso en ellos, me desconcentro pensando en la receta de la sopa de repollo y termino fingiendo el orgasmo para que él acabe cuanto antes. Por eso los utilizo. Una de las fantasías que más me excita es pensar en que entro en un cuarto oscuro.

Tenía un compañero gay en el despacho y solía relatarme sus aventuras en estos antros, siempre con la intención de escandalizarme. La dinámica era sencilla: pasabas a la zona oscura, entrabas en contacto con el primero que te tocaba y allí mismo se practicaba el sexo. Podía ser sexo oral, masturbaciones... Llegabas al orgasmo y, como habías entrado, abandonabas el lugar. Sí, realmente me escandalizaba al contarme esas historias, por eso nunca imaginé que con el tiempo las utilizaría para estimular mi vida en pareja. Pero lo hago.

Inspirándome en las aventuras de mi compañero de trabajo, mientras hago el amor con mi marido, comienzo a imaginarme la historia. Entro en un antro, no se ve absolutamente nada. Hay un olor muy fuerte, yo creo que es una mezcla entre sudor y semen, y eso ya comienza a excitarme. Llevo un vestido ligero y unas pantis, nada más. Alguien me toma la mano y la lleva hasta su sexo, está erecto. Me empuja hacia él y me aprieta contra su pene, lo noto en el pubis. Me coloca contra una pared que está húmeda, entonces me levanta la pierna y me penetra. Debe de tener el pelo largo, y barba, noto cómo roza contra mi cara mientras me empuja con fuerza. Hay más gente, oigo jadeos a mi alrededor y eso hace que me excite más. Llego al orgasmo.

Al terminar, la fantasía desaparece. No suelo salir del antro, simplemente se esfuma... Vuelvo a la realidad, mi marido está encima de mí y pasados unos treinta segundos él también acaba. La fantasía queda guardada hasta otra ocasión.

Llevo dos años fantaseando con encuentros de este tipo. Al principio me los intentaba quitar de la cabeza pero, si no fuera por ellos, no creo que pudiera seguir manteniendo relaciones sexuales. Quizá debiera plantearme seriamente mi situación, mi nueva vida y si de verdad es lo que quiero, pero hasta que llegue ese momento...

El marido de Sonsoles no tiene ni idea de la agitada vida mental de su esposa. Pero no creemos que le importe demasiado dado el volumen de trabajo que tiene buscando chistes en Yahoo... El caso de esta mujer es el de miles de mujeres que deciden ser madres y de pronto su mundo se desmorona.

Normalmente suelen apuntarse a un curso de fotografía o se ponen a hacer tartas como locas, el caso de Sonsoles es distinto, pero no por ello menos enriquecedor. Sonsoles, por su educación, no pone rostro a aquel (o aquellos) a quien coloca como objetos de deseo, entre otras cosas por no sentirse culpable ante una infidelidad de pensamiento. De este modo, evita personalizar, poner nombre a ese deseo, hacerlo carne. En la oscuridad, ella busca que sus actos sean solo sexo, sexo con ella misma, aunque en su fantasía participen más personas. Sin duda existe una necesidad de cambiar su vida, de explorar nuevos mundos sexuales.

17

LA BONDAD DE LOS DESCONOCIDOS

El desconocido. Un arma infalible para provocar el placer de la exploradora del misterio. Hombres que aparecen y desaparecen del escenario sin dejar rastro, en eso radica su atractivo. Estas fantasías pueden resultar muy prácticas para aquellas mujeres que tienden a caer en el sentimiento de culpa tras un encuentro sexual, aunque sea imaginario. Normalmente, estos señores desaparecen una vez *consumado* el acto. En realidad, se trata de puros instrumentos para el placer, sin vínculos de ningún tipo.

Dentro de este género encontramos variadas fórmulas para su uso: conocer a un hombre e invitarle al departamento, sacar a pasear al perro y acabar a cuatro patas entre el follaje, acudir a una zona de encuentros... Antes de sumergirnos en el mundo de las fantasías, conozcamos algunas formas de esta atrevida práctica. El *dogging*, por ejemplo, es una de las más generalizadas:

- *Dogging*: término inglés con el que se denomina a la práctica de sexo en lugares públicos con desconocidos y de forma totalmente anónima. Hay muchas teorías para definir el origen de esta palabra. Según algunos, se llama así porque quienes lo practican suelen hacerlo en la calle, como acostumbran los canes. Otros apuntan a que su origen reside en Gran Bretaña y define a quienes, con la excusa de sacar al perro, se pasean por lugares públicos en busca de sexo con desconocidos. Los sitios donde se pueden dar estos encuentros suelen ser parking, áreas de descanso, espacios poco frecuentados, jardines, parques…

- **Cancaneo:** lo mismo, pero en cañí. En lugar de buscar sexo anónimo entre la espesa niebla londinense junto a la orilla del Támesis, se busca detrás de una gasolinera en la carretera de Algete. No es tan romántico, pero el resultado suele ser el mismo.
- *Cruising*: *dogging* entre homosexuales. Como en el caso del *dogging*, los lugares de encuentro suelen ser parques, áreas de servicio, playas nudistas… Y baños públicos. En Internet, incluso hay webs que recomiendan los mejores urinarios para dar rienda suelta a la pasión. No, de momento no aparecen en la guía Michelin.

Pero el sexo con desconocidos no solo surge en lugares destinados para ello. Hay otras praxis muy extendidas y que aún no tienen un nombre que las defina. Clasificaremos algunas de ellas dándoles un «aire inglés», algo que, como hemos comprobado, se utiliza mucho para designar prácticas sexuales. Ya vimos que es mucho más *chic* afirmar «Me encantan los locales de *swinging*» que «me encantan los clubes de intercambio». Del mismo modo, la frase «Cari, esta tarde no puedo quedar, que tengo *dogging*» resultaría para algunas más distinguida que «Cari, esta tarde no puedo quedar, me voy a un parque a coger con cualquier tipo».

Dicho esto, conozcamos otras formas distintas y muy *cool* de entablar contacto y practicar sexo con desconocidos que hasta ahora no habían sido clasificadas:

- **Interneting:** una práctica tan antigua como el Spectrum: entrar en un chat, quedar con un desconocido y practicar sexo salvaje con él. También se puede llamar *horroring,* cuando el señor con el que te has citado resulta un feo de susto.
- **Paquetining:** sexo surgido tras un intercambio de miradas insinuantes. A pesar de la acepción, no tiene por qué ser únicamente la mirada directa a una bragueta. También valen los abdominales.
- **Discotecking:** llegar a la discoteca, que un tipo te pregunte la hora y acabar retozando en el baño.
- **Menudopeding:** encuentro con un desconocido que se da después de la decimoséptima copa de ron Brugal con Coca-Cola.
- **Quecoñohicing:** efecto que suele aparecer al día siguiente del *menudopeding*. Trata del malestar que se produce al despertar y percatarse de que esa noche se ha practicado sexo con King Kong.
- **Cincodelamañaning:** dícese del sexo que se practica a partir de las cinco de la mañana, cuando ya no quedan esperanzas de acceder a un hombre más o menos agraciado porque todos han ligado. Para este menester vale cualquier desconocido que no tenga antecedentes penales.

Bromas aparte, estas formas de practicar sexo con desconocidos existen, y se dan más de lo que muchas imaginan. En la fantasía exploradora, cualquier práctica que haga abandonar la rutina en la que se instalan muchas mujeres es válida para accionar la respuesta sexual. Nos adentramos en el maravilloso mundo de lo desconocido.

Emma. Veintinueve años. Perito industrial
Ahora no tengo pareja. Desde que rompí con mi novio de toda la vida, no he vuelto a salir en serio con nadie, supongo que acabé

bastante harta. Pero me encantaría conocer a un hombre y tener una relación estable; no creo que todos sean igual de patanes que mi ex. O quizá la culpa sea mía y esté obsesionada con encontrar a un príncipe azul que no existe…

A veces pienso que esta búsqueda del hombre perfecto me impide dejarme llevar por mis impulsos, conocer cosas nuevas, disfrutar… Me explico. Apenas hace tres meses yo estaba comprando en el supermercado. A unos metros se hallaba un hombre con un carro, era maduro pero realmente atractivo y muy bien vestido. De entrada, no suelo fijarme en los hombres solo por su aspecto, pero en esa ocasión me fijé en él. Nuestras miradas se cruzaron. Yo, sonrojada, abandoné la sección de congelados donde nos encontrábamos y continué con mis compras. Pronto me di cuenta de que el hombre me seguía. Panadería, bebidas, lácteos… Me observaba desde la lejanía. Era guapo, elegante, bien vestido… Y me vigilaba. Volví a darle la vuelta y me dirigí hacia las cajas para pagar. Muy lejos de parecerme algo excitante, me violentaba bastante que un hombre me mirara de aquel modo. Cuando me di cuenta, había desaparecido… Pero al bajar al parking, tras llenar la cajuela, fui a dejar el carro a su lugar, y él estaba allí, mirándome impasible. Era obvio que estaba esperándome. Dejé el carro nerviosa y regresé al coche apresuradamente.

¿Qué quería aquel hombre de mí? Los dos solos en aquel parking… Me fui convencida de que era un loco psicópata. ¿Qué tipo normal se insinuaría así a una mujer, en medio de la sección de congelados de un supermercado? Solo un pervertido…

Desde entonces me siento idiota y ahora las preguntas que me asaltan son, «¿Y si aquel hombre te hubiera hecho ver las estrellas de placer en el asiento de atrás del coche? ¿Por qué no te fuiste con él?…». Y pienso en ello. Y cada jueves regreso al supermercado para ver si me lo cruzo. Nada. Entonces me imagino cómo hubiera resultado ese encuentro, llevo sin tener relaciones sexuales cuatro años y siento que él podía haber sido el primer paso de un renacimiento sexual para mí. Tenía que haberlo tomado de la mano, invitado a mi coche y allí mismo habérmelo tirado. Creo que habría sido fantástico. Luego él volvería a su vida sin dejar huellas y yo a mi búsqueda del hombre perfecto…

Desde entonces, me fijo más en los hombres que aparecen a mi alrededor. Sigo sin ser una mujer que se mueve por instintos, pero ahora abro los ojos, observo y fantaseo con lo que podría suceder… Con lo que pudo suceder y no sucedió en aquel parking de supermercado.

Un cruce de miradas ante la cámara de congelados y se podía haber dado una trepidante aventura sexual. Pero, como dice Emma, por lo general las mujeres tienden a pensar que un tipo que te sigue entre los estantes del atún en escabeche es posible que tenga tendencias sádicas. Nada más lejos de la realidad. El señor de esta historia estaba exponiéndose, es decir, «tirando el anzuelo». Paradójicamente, si esta situación se hubiera dado en un bar a las dos de la mañana nos parecería de lo más normal e incluso es posible que hubiera existido un encuentro sexual entre ambos. La cosa más natural del mundo. Pero, en esta ocasión, juega un papel importante el lugar donde sucede el «cortejo»: un supermercado. No es un local nocturno con su barra, su pista de baile, su entrada al baño… En ese caso no sería nada raro que un hombre se interesara por una mujer y le siguiera a la pista para bailar el chachachá. Pero mientras escoges la oferta de mojarras congeladas… es distinto.

Desgraciadamente, para muchas féminas, el hombre que seduce fuera de los lugares de ligue convencionales es un maníaco que va a hacer con nosotras picadillo para sopa. Craso error. En realidad, volvemos a la eterna lucha contra la educación recibida. En países que no han pasado por nuestro diseño de rígida moral, el hecho de hablar con un señor en un semáforo y acabar en la cama con él no es nada insólito. Pero, en un país en el que aún hay mujeres que sienten reparo a entrar solas en un bar, la cosa es muy distinta. Para Emma hubiera constituido un paso demasiado complejo, no olvidemos que, desde que se rompió su relación estable, no ha mantenido relaciones sexuales. Sin embargo, han ocurrido avances significativos: se plantea la fantasía, se pregunta los porqués y ha decidido abrir su radio de visión.

Esperemos que Emma disfrute de su sexualidad, de su elección de placer, ya sea en la vida real o en su propia fantasía...

En las experiencias con desconocidos no hay vínculos, tan solo una relación sexual aséptica, libre de sentimientos. Muchas veces, apenas existen los preámbulos, es sexo puro y duro. Aviso importante: que las mujeres que acudan a un parking a buscar sexo no esperen que luego el chico les diga «te quiero». Ocurre en muy raras ocasiones y, si lo hace, aconsejamos huir a gran velocidad: lo siguiente es despedazarte con una sierra mecánica.

Anuska. Cuarenta y dos años. Administrativa
Trabajo en un complejo industrial a las afueras de la ciudad. Como soy la encargada de ventas suelo salir siempre bastante tarde de la oficina, cuando he terminado de cerrar pedidos. De vuelta a mi casa tengo que pasar por delante de una especie de descampado en la parte trasera del complejo, allí acostumbran a ponerse los coches para practicar sexo. Yo siempre pensé que se trataba de parejitas jóvenes que no tienen dónde hacer sus cosas, pero un compañero me sacó de mi error: aquella era una zona donde hombres y mujeres desconocidos iban en busca de sexo. Me costaba creer que una señora normal abandonara su hogar para ir en busca de sexo a un descampado, pero, según mi compañero, aquel enorme terreno estaba lleno de estas mujeres. Yo había oído que detrás de la plaza de toros se encontraban los gays para hacer sexo, pero nunca imaginé que se daría entre heterosexuales.

Aquello me llenó de curiosidad. Cada día, de regreso a casa, miraba hacia la carretera escondida entre los arbustos y podía ver cómo los coches iban llegando y marchándose en la oscuridad.

Un día me quedé trabajando hasta la madrugada. Al abandonar la oficina y pasar por el lugar, sentí el impulso de acercarme. Reduje la velocidad del coche y lentamente llegué hasta la zona donde estaban todos los vehículos. Estacioné. No sabía por qué estaba allí, pero necesitaba conocer más. Esperé unos minutos y enseguida pude ver cómo un coche oscuro encendía la luz interior; dentro había un hombre que miraba hacia mi coche. Esperó unos minutos con la luz encendida, yo podía verle el rostro, me pareció como si estuviera mostrando un escaparate, como si me estuviera preguntando «¿Te gusto?»… No hice nada y volvió a apagar la luz.

Llegó otro coche y se colocó junto a él. También encendió la luz interior, era una mujer. Después él volvió a dejarse ver y la mujer salió de su vehículo para meterse en el coche del hombre. Esa debía de ser la señal: enciendo la luz interior y me dejo ver, si el otro responde y hay acuerdo visual, el trato está hecho. Aquella fue mi traducción de aquel baile de luces que presencié: «¿Te gusto?». Trato cerrado…

A pesar de la visita, mi curiosidad no quedó saciada, sino todo lo contrario. Me interesaban cada vez más aquellos encuentros furtivos con personas desconocidas, sin identidad. Pero no podía pasearme con mi coche por allí a medianoche… Podría verme alguien… Yo era una mujer felizmente casada… «¿Y si un conocido de mi marido…? ¿Y si mi propio marido?…». ¿Por qué no? Yo nunca hubiera tenido sentimientos por otra persona que no fuera mi esposo. Llevamos juntos desde los catorce años, él es mi familia, mi todo. Nunca podría romper eso… Pero ¿una relación de aquellas? Solo sexo, no existe ningún vínculo, no deja rastro, es solo placer, algo fisiológico, sin sentimiento alguno.

Llevo meses valorando esta idea y fantaseo mucho con llegar allí y entregarme a un desconocido escondido en su coche… Imagino cómo enciendo la luz y un hombre que jamás he visto antes entra en mi coche, me acaricia los pechos, el sexo… Y cómo yo me coloco sobre él y comienzo a cabalgar hasta llegar al orgasmo… En mis fantasías siento su miembro dentro de mí, cómo me mueve sobre él agarrando fuertemente mis nalgas, cómo me hace gozar, para después desaparecer entre los coches de nuevo…

No, no he vuelto a entrar en el descampado, pero cada día, cuando se acerca la hora de apagar las luces de la oficina, pienso en que algún día lo haré. Me meteré en el descampado, encenderé la luz y tendré un encuentro sexual. Ningún vínculo, ninguna palabra, solo sexo… Para después desaparecer de nuevo en la oscuridad.

Parece que Anuska necesitaba reactivar su vida sexual y ha encontrado una buena fórmula. Aunque de momento es una fantasía, quizá algún día la lleve a cabo. A ella lo que le atrae profundamente de esta práctica es la falta de vínculo alguno con el otro, de ese modo siente que no «traiciona» a su marido. Y es que después de veintiocho años con el mismo, lo extraño sería que no sintiera cierta curiosidad por saber cómo es el sexo con otros hombres. Probablemente sea una mujer muy sexual, pero en su matrimonio ya no existe el detonante de la pasión. Las parejas que llevan muchos años suelen hablar de la «transformación» de los ciclos en la relación, generalmente esa pasión inicial evoluciona en amor, cariño, complicidad… Se crea una especie de «empresa» de los sentimientos que para muchas mujeres lo es todo y, aunque falle en temas tan circunstanciales como el sexo, no están dispuestas a tirarlo todo por la borda. Es obvio que en el caso de Anuska este particular falla considerablemente, pero no quiere implicar sus sentimientos en una aventura, para ella se trata de algo puramente sexual y como tal lo contempla.

18

TRES NO SON MULTITUD

Hay mujeres cuyos más íntimos pensamientos se inspiran en el sexo en grupo. Un trío HMH, uno MHM, orgías... Pero ¿qué son exactamente estas prácticas? ¿Sirven para dejar el currículum laboral?... Repasemos algunos de estos dicharacheros juegos sexuales:

- **Trío HMH:** o también llamado dúplex. Esta práctica tiene como participantes a dos hombres y una mujer. Existen dos versiones diferentes de este trío. En la primera, el sexo se centra en la mujer, siendo ella la reina de la fiesta. En este caso se da la doble penetración tanto anal como vaginal. Si solo con esas posturas se aburren, también pueden practicar el sexo oral. En la segunda versión del dúplex, los protagonistas son los hombres, que practican la penetración entre ellos, situando a la señora como espectadora. En ocasiones también pueden participar en el sexo oral.
- **Trío MHM:** dos mujeres, un hombre y toda la imaginación del mundo. Esta fantasía suele ser muy dada entre los caballeros.
- *Gang bang*: este término se utiliza principalmente dentro de

la industria pornográfica y corresponde a aquella relación en grupo en la que una mujer mantiene relaciones con tres o más hombres. Si es el caballero el que da placer a más de tres señoras, entonces se denomina *reverse gangbang*. Y si puede con todas, también se suele llamar «¡Milagro! ¡Milagro!»…

- **Orgía:** encuentro sexual entre más de cuatro personas.
- *Ménage à trois:* no tiene nada que ver con los tríos, ya que se trata de una especie de «acuerdo» doméstico entre las partes. Sería un «triángulo matrimonial», un noviazgo compuesto por tres. Lo bueno de este *lifestyle* es que, entre otras cosas, hay una persona más para pagar la hipoteca del depa.

Juana. Treinta y dos años. Empleada

Me gusta pensar que en mi relación de pareja entra otro hombre. No es que piense en otro hombre cuando estoy con mi chico, me refiero a que le incluyo en nuestra relación, participamos los tres del sexo, cogemos los tres. No me he planteado jamás el llevarlo a la práctica, y ni siquiera se lo he planteado a mi pareja: por su carácter celoso y su forma de pensar, no aceptaría jamás, así que no merece la pena enrarecer la relación con mis elucubraciones mentales. Me limito a jugar con esa idea en mi imaginación. Si alguien me preguntara el porqué, realmente no sabría responder…

En el autobús que tomo hasta el trabajo hay un conductor joven que me resulta muy atractivo, Jose. Si hay sitio, me siento detrás de él y me quedo absorta mirándole. Supongo que será cosa de esas atracciones incontrolables que surgen a veces y a las que yo no estoy muy acostumbrada. Pienso en que está conmigo y con mi novio en la cama y que ambos me penetran a la vez, uno por la vagina y el otro analmente. Tampoco sabría qué decir sobre ese deseo, nunca lo he probado y no creo que me gustara hacerlo. Fuera de la excitación propia del momento, pensar en que dos hombres me la meten a la vez me resulta muy doloroso, pero, en el momento del acto sexual, es una idea tan ardiente que me lleva al orgasmo. Sí, muchas veces me pregunto el porqué de esta idea… Quizá debería llevarlo a la práctica para que desapareciera. He leído que este tipo de fantasías suelen desaparecer cuando las cumples…

Si la fantasía es una preocupación, se convierte en un problema. Pero, si no es así, ¿por qué no disfrutar de algo que resulta placentero? No se puede negar que una doble penetración necesita de muchos ejercicios previos, paciencia, lubricación y unas ganas tremendas, pero no hay que olvidar que sería mucho más desgarrador encontrarse a dos señores practicando la doble penetración con tu marido. Eso sí que sería realmente doloroso…

Lo que excita a Juana es sentirse deseada por dos hombres, transgredir las normas que la sociedad le ha marcado, o ella misma se ha marcado, a lo largo de su vida. Para ella, esta fantasía con el chofer del autobús le ayuda a duplicar su placer. En cualquier caso, si realmente le supone un inconveniente para su vida, se deberán valorar los pasos a seguir. Para Juana, hay varias opciones:

a) Confesar a su marido que le gustaría practicar un trío con un conductor de autobuses llamado Jose. Subrayemos que una fantasía no tiene por qué desaparecer por el hecho de llevarla a la práctica, eso no es ninguna regla matemática, como señala Juana.

b) Seguir con la fantasía y disfrutar de las dobles penetraciones.

c) Si se considera este pensamiento como un problema, tomar medidas y tratarlo con un especialista.

d) Cerrar las puertas del autobús y tirarse a Jose, a ver qué pasa.

Si como afirma Juana su novio es un hombre celoso y convencional, no se recomienda la opción A. No solo no aceptaría la propuesta, es posible que quemara el autobús con un galón de gasolina súper.

Si fantasear con dobles penetraciones no supone un grave trauma, la opción B es una buena elección. De lo contrario, pasamos directamente a la siguiente alternativa, la C: hablemos con un especialista.

Nos queda la opción D: no recomendada para las mujeres fieles, pero sí podría resultar muy efectiva en aquellas de naturaleza díscola que no ven problema en llevarla a cabo. No sabemos si logrará hacer desaparecer la fantasía, pero seguro que es muy recomendable para amenizar los aburridos trayectos del autobús de línea.

Piti. Cuarenta y tres años. Sastre

Durante unos años estuve saliendo con un tipo que era la bomba sexualmente. No he conocido a nadie con tanta imaginación. A mí me gustaba mucho y aunque era catorce años mayor que yo, funcionaba increíble, mucho mejor que los hombres con los que había salido anteriormente. Juanjo tenía un pasado bastante completito, que por supuesto me contó. Yo alucinaba con sus historias. Por un lado, me gustaba que me hiciera partícipe de su intimidad, incluso me ponía bastante ser su confidente, pero, por otro, yo notaba cómo mi mente iba levantando un muro entre nosotros. Cada día que pasaba, cada juego que practicábamos, cada paso más allá, hacían que yo tuviera claro que, a pesar de aquel sexo tan bueno, le quedaban cuatro noticieros para que lo mandara a la mierda. No sabía cuándo, porque sí había un enganche sexual, pero sabía que en mi vida quería un chico normal, que no me sorprendiera un día con algo a lo que yo no pudiera hacer frente y sabía que, con él, ese momento llegaría.

Llegó un fin de semana, cuando, después de coger como locos, me dijo que le gustaría llamar a una puta para hacer un trío. Me quedé de piedra. Muchas veces habíamos fantaseado con historias al oído para excitarnos, sobre todo él. Y yo sabía que Juanjo había hecho tríos en

muchas ocasiones, pero nunca pensé que me propondría hacer realidad sus historias, no pensé que me vería teniendo sexo real con él y
con otra mujer. Lo que le excitaba era que yo estuviera con ella mientras él observaba y, cuando lo considerara, se incorporaría conmigo.
Me jodió bastante aquella proposición, porque nunca pensé que lo
haría. Yo me negué de plano, dije que hasta ahí no podía llegar.

Y lentamente fui alejándome de él, a pesar de sus súplicas. Aquello fue lo que desencadenó el final de una ruptura anunciada.

Pasaron los meses, yo conocí a un vendedor de seguros encantador para el que lo más extravagante en la cama era llevar pantis rojas. Por supuesto lo reeduqué y logré que nuestra vida sexual fuera
muy satisfactoria. Pero realmente, nada que ver con la que había
conocido con Juanjo. Suelo recordar bastante a menudo nuestros
encuentros sexuales, echo de menos su lujuria, su energía, su forma
de hacer las cosas. Pero, lo llamativo no son los recuerdos, sino que
fantaseo con aquella propuesta a la que dije no con tanta contun-
dencia. Siento que me negué por temor a que me gustara demasiado, temor a romper las reglas, a verme sometida a ese tipo de encuentros. Lo desconozco, pero sí pienso en ese trío, en cómo podría
haber llegado una chica a la casa, cómo Juanjo me observa desde su
sillón mientras juego con ella, cómo practicamos sexo oral, nos
tocamos y después se une y me echa un magnífico palo.

Quizá tenía que haber accedido y que quedara en un recuerdo.
Ahora es solo una fantasía que no creo que cumpla nunca.

Ese tipo de hombres maduros tan buenos en la cama deberían
estar subvencionados por alguna marca de viagra; no solo hacen
gozar durante la relación; según el testimonio de Piti, funciona incluso a posteriori. Es lo que aporta la experiencia… A pesar de
todo, nuestra amiga tenía una línea que no estaba dispuesta a transgredir: se negó, probablemente por miedo a quebrantar sus íntimos
principios morales. «¿Y si luego me gusta? ¿Qué hago yo con toda

la educación y fundamentos que me inculcaron desde pequeña?…»
En efecto, el que le agradara aquello que su jovial *partenaire* le proponía supondría enfrentarse a lo desconocido, a algo que quizá podía salir mal. Hasta el momento, verbalizar el deseo de hacerlo solo suponía un juego, pero la realidad resultaba impensable… Aunque al final se haya quedado con cierta curiosidad que utiliza como fantasía. Si quiere volver a recuperar el tiempo perdido…

Geno. Cuarenta y dos años. Empresaria
Mi vida es la de una mujer que tiene un negocio de moda, un marido con plata y una hija. Sin embargo, cuando paseo por la calle, miro a mi alrededor y me pregunto si los que me rodean sospechan cuáles son mis fantasías. Cuando hablo con mi madre, lo pienso. O cuando lo hago con mi marido. Y es que, sin ser una fantasía propiamente dicha, suelo tener un sueño reincidente que viene de hace mucho tiempo. Sucedió hace muchos años. Quedamos en mi casa de verano un grupo de jóvenes, mientras mis padres estaban de viaje. Realmente no recuerdo cómo sucedió todo, pero el alcohol había corrido a raudales y todo se comenzó a complicar. Una amiga había venido acompañada de una chica mucho mayor que el resto y que, pasados unos tragos, propuso un juego: teníamos que ir por las terrazas de la playa e invitar a chicos y chicas a una orgía. Un juego sin importancia que a todos nos resultó divertido. Y lo llevamos a cabo. Recuerdo que de pronto mi casa estaba llena de desconocidos y desconocidas, en su mayoría en busca de alcohol y fiesta. Los que llegaban interesados en el sexo tenían que subir al piso de arriba y lo que había comenzado como un juego pronto empezó a tomar forma. En una de las habitaciones, la más grande de la casa, la chica mayor se lanzó al sexo con tres hombres, al grupo se sumó una joven que jamás había visto y pronto aparecieron más desconocidos. Yo abandoné la estancia en cuanto un mocoso con la cara sudorosa me puso la mano encima.

Bajé a la planta inferior y, mientras intentaba poner orden, me preguntaba qué estaría ocurriendo en aquella habitación que había abandonado minutos antes. Poco a poco, la casa se fue vaciando, a algunos borrachos los eché yo misma y otros se fueron protestando por la falta de bebidas. Pero nadie bajaba del piso superior. Me resultaba violento abrir la puerta de la habitación. No sabía cómo había ocurrido, se había desatado el sexo y todo sucedía dentro, en la cama de mis padres. Subí y acerqué mi oreja a la puerta. Se podían escuchar los gemidos y las risas, a lo lejos alguien insultaba obscenamente a otra persona, hasta mí llegaba el hedor de lo que allí pasaba. Quería entrar pero me frenaba, ¿qué podía sucederme dentro? Solo tenía que dejarme llevar... Puse mi mano en el pomo de la puerta dispuesta a entrar. Pero alguien llamó desde la planta baja. Entonces en mi cara apareció un gesto de indignación y corrí hacia las escaleras: era mi amiga.

—Muy fuerte lo de esa amiga tuya, ¡está cogiéndose a todos en la cama de mis padres!

Con esta frase, volví a recuperarme y mi amiga entró en la habitación dando gritos y amenazando con llamar a la policía. Todos salieron corriendo escalera abajo y la casa quedó desierta en menos de diez minutos.

Desde entonces, sueño con lo que estaba sucediendo dentro de aquella habitación. Y no, no es una fantasía, siempre llega cuando estoy durmiendo y hasta me produce cierta excitación, porque yo participo de la orgía. Me dejo tocar por el mocoso sudoroso y comienza el juego. Luego me entrego a otro, y cuando él acaba paso a manos del siguiente. Y veo cómo algunos hacen cola para penetrar a la chica mayor. Nadie está fuera, todos participan.

Despierto antes de llegar al orgasmo, aunque suelo estar a punto casi siempre. De forma consciente jamás utilizo esos pensamientos para excitarme, no podría. No sé por qué sigo recordando aquel día, ni siquiera fue una buena experiencia para mí. Aquello lo enterramos y nunca ninguno de los que estuvimos presentes volvió a sacar el tema. Pero parece que, para mí, nunca se enterró del todo…

La historia de Geno se debería titular «Sé la que armaron el verano». Por el relato de Geno, todos los asistentes eran muy jóvenes y seguro que la mayoría guardará un recuerdo imborrable de aquel encuentro bucólico-pastoril. Como experiencia de iniciación al sexo es bastante procaz, pero eso no tiene por qué resultar negativo, a no ser que tu padre sea el jefe de la Guardia Civil y regrese a casa antes de lo previsto. Gracias a Dios no sucedió, de haber sido así el «sueño» tomaría unos tintes muy diferentes con tiros incluidos… Probablemente, el episodio vivido sucedió en un momento en el que Geno era demasiado joven y su sexualidad aún estaba en fase de búsqueda, de ahí que lo marcara. Y en cuanto a dicho sueño, quizá resulte mejor consultarlo, sobre todo si en él nunca logra llegar al orgasmo. Pasarse la vida de orgía en orgía sin alcanzar el clímax no debe de ser demasiado bueno para la presión arterial.

Esta práctica representa la seguridad total en la pareja. Como en otras disciplinas, los dos miembros han de estar de acuerdo, se han de seguir unas normas y tener en cuenta siempre los límites del otro. Según los expertos en estas artes, antes de entrar en el juego, los tres miembros han de tener claras esas reglas, tanto si se trata de una pareja y una tercera persona foránea, como si son tres individuos libres de vínculos. En el caso de que dos de los practicantes sean pareja, se pueden dar los celos, algo que resultaría negativo en la experiencia. Si una de las partes es de naturaleza celosa, habrá que procurar tratarla con atención, procurando que no se sienta desplazada en ningún momento. En definitiva: hemos de tener muy claras las consecuencias que puede traer a la pareja este juego, respetar unas reglas y, sobre todo: respetar los deseos de los otros jugadores.

19

EL TRABAJO HONRA A LOS HOMBRES... Y A LAS MUJERES

El trabajo resulta un entorno ideal para provocar la respuesta sexual, pero, dado el estado actual del mercado laboral, las aficionadas a tal estilo tendrán que reciclarse y buscar su inspiración en la oficina de desempleo... Por desgracia, mantener relaciones en el puesto laboral es una fantasía en vía de extinción. Pero hasta que esto suceda y el trabajo desaparezca totalmente como ocurrió con los dinosaurios, las mujeres que tengan el privilegio de conservarlo, aunque sea por 120 euros al mes, están de suerte. Podrán seguir disfrutando de fantasías como estas...

Maricarmen. Treinta y seis años. Secretaria
Mi jefa es una hija de puta. Si se hicieran campeonatos de jefes hijos de puta a nivel mundial, ella sería Lady Hijaputa Universal. Lo tiene todo: mala, egoísta, despiadada y sobre todo una histérica obsesionada con el orden y la limpieza. Tanto que no soporta que haya basura en las papeleras. Como lo cuento. Eso obliga a que las trabajadoras vayamos con bolsas de plástico en el bolso para llevarnos la basura a casa. Incluso vuelve a pasar la aspiradora por su despacho cuando sale la chica de la limpieza. Eso por

no hablar del orden en su mesa… La almohadilla de cuero repujado heredada de su padre tiene que estar siempre en el centro, milimétricamente colocada junto al portalápices, las gomas en orden, los subrayadores por colores… Pero ojalá solo fuera eso, en una ocasión despidió a una vendedora porque no le gustaban sus zapatos. «Tacones demasiado finos, estropean el piso», dijo. Supongo que, en otro tiempo, la mayoría la hubiéramos mandado a freír espárragos, pero en la actualidad hay que soportar cualquier trabajo, aunque tu jefa sea una mutación entre Hannibal Lecter y una escoba eléctrica. Es lo que hay. Una vez me dio los buenos días, pero por lo general las frases suelen ser del tipo: «¡Eres una incompetente! ¿Por qué este café está frío? ¡No te despido porque me das pena, pero de buena gana te mandaba a los comedores sociales!».

Cuando viene volada y me suelta alguno de estos improperios, entonces… ¡pienso en que me encantaría echar un palo muy sucio encima de su puñetera mesa! Plantar mi culo en ella mientras un tipo me coge allí mismo, ¡sobre su almohadilla de cuero repujado de los huevos! Tirando todas sus gomas y sus subrayadores ¡a la chingada! Y después lo hacemos en su silla, y en el sofá en el que no se puede sentar nadie más que los clientes importantes y allí me gustaría venirme. Pero lo que más me pone es pensar que mi pareja se limpia el pito y tira el papel en la papelera… Sería el mejor palo de mi vida, ¡seguro! Si algún día puedo hacerlo, desearía despedirme de mi puesto y marcharme de allí diciéndole:

—¡Antes de irme me encantaría que supieras que cogí muchas veces sobre tu almohadilla de cuero repujado! No te asustes si encuentras algún pelo, es de mi coño.

Esta fantasía no solo me produce un gran placer, además me libera de todas las tensiones. Mientras no pueda mandar a la mierda a esta señora, seguiré cogiendo sobre su almohadilla de cuero repujado cuantas veces quiera…

Esta fantasía tiene mucho que ver con la venganza, ese famoso plato que se sirve frío. Maricarmen se siente totalmente reprimida ante la figura de su superior y encuentra el placer liberándose de ese yugo y profanando aquellos símbolos que para su jefa son sagrados: la almohadilla, la papelera… Resulta bastante gráfica la expresión que utiliza nuestra protagonista para imaginar el momento de la *vendetta*: «No te asustes si encuentras algún pelo, es de mi coño». Su deseo se amplifica al pisotear los fundamentos más importantes de la que considera una enemiga y ahí, en esa liberación, radica el goce. En muchos casos, la venganza tiene un alto poder afrodisíaco, excitante, incluso podría estar relacionada con el dominio: «Ahora mando yo y te devuelvo la jugada». Las *vendettas* más frecuentes son las de mujeres que se desquitan de una infidelidad manteniendo relaciones con otro hombre, nada que ver con el caso que nos ocupa. Subrayar que, en el caso del ajuste de cuentas por infidelidad, no siempre suele resultar gratificante y es probable un sentimiento de frustración posterior que nada tiene que ver con el placer.

En el caso de Maricarmen y hasta que pueda desquitarse, deberá soportar el mal tiempo con esta fantasía de oficina que tan gratificante resulta para ella…

Loli. Cuarenta años. Fisioterapeuta

Trabajo como fisioterapeuta en una prestigiosa clínica donde los pacientes son en su mayoría altos ejecutivos y personas importantes. Por ello, para desempeñar el puesto, exigen que los trabajadores cumplamos con unas rígidas normas de conducta: nada de familiaridades, absoluta discreción y el contacto justo con el paciente.

Desde hace unos meses acude con frecuencia a mi consulta un empresario con una seria lesión en un aductor. Al principio no me fijé en él; como es norma, no suelo hacerlo, pero trabajar sobre un cuerpo así no es lo más habitual. No es como el resto de pacientes:

señores entrados en carnes o ejecutivos inflados a base de hormonas. Se notaba que aquel hombre venía así de fábrica, que como mucho practicaba el golf, deporte que le había llevado hasta allí debido a un mal paso.

Cada vez que viene a la clínica, es como si se me acabara el tiempo, como si esa fuera la última vez. Soy una mujer abierta sexualmente y, en otra situación, no tendría problema en insinuarme a él. Pero, si lo hiciera ahora y me rechazara o lo pusiera en conocimiento de mis superiores, sería el fin de mi carrera y perdería un trabajo muy bien remunerado.

Y eso me empuja a fantasear con la situación, con esa cuenta atrás imposible. Como es costumbre, primero manipulo su espalda y luego comienzo a masajear sus ingles, pero entonces cambio el ritmo. Rebajo el tono y voy poco a poco, con mis manos cada vez más cerca de su sexo. La fuerza de mis dedos y el dolor que sufre en la zona impiden que piense en nada cercano al placer, pero yo sé cómo hacerlo. Sabría cómo hacerlo… Masajearía suavemente alrededor de sus aductores, mis manos resbalarían entre sus músculos, metiéndome en la parte interior de su muslo para luego volver a salir, relajaría la zona y poco a poco bajaría hasta la rodilla para volver a subir pausadamente por la ingle una vez más. Su piel entraría en una especie de trance indoloro y empezaría a sentirme… Me acercaría a sus testículos; desde el escroto hasta el perineo, mis manos recorrerían su sexo pausadamente, hasta concentrar toda mi energía en el miembro, en agitar su miembro. Solo quisiera ver su cara llegando al placer, acabar la consulta con un dulce final, hasta la próxima visita.

Sé que jamás llevaré a cabo mi fantasía, que las sesiones llegarán a su fin y no volveré a ver a este hombre que me enciende como nadie, pero mientras tanto…

Interesante fantasía en la que, una vez más, la prohibición es uno de los factores que consigue desatar el deseo. Ella no puede hacerlo, lo tiene prohibido… Pero además ha fijado su fantasía en un hombre concreto, «intocable» por decirlo de algún modo… Si sumamos ambas características, nos encontramos un claro inductor a la respuesta sexual y siempre tiene que ver con aquello que está vetado.

No sabemos de la naturaleza del ejecutivo, pero, si hiciéramos una consulta entre todos los señores heterosexuales del hemisferio norte, es probable que el 95 por ciento de los consultados dieran su beneplácito para que Loli les tocara el miembro. Pero entendemos que la joven tenga sus reservas y no lo intente… En la actualidad, tener un trabajo bien remunerado es como levantarte una mañana convertida en Bar Refaeli.

20

CÁMARA..., ¡¡ACCIÓN!!

La pornografía es uno de los estimulantes más corrientes que se utilizan en el seno de la pareja; de hecho, podríamos decir que es un importante «sostén» sexual, al menos en la fase de calentamiento. Entre este grupo de aficionados no es extraño encontrar el menú especial «Viernes sin niños», consistente en pizza de primer plato, peli porno de segundo y acostón de postre.

En realidad, este tipo de impulso es muy cómodo, barato, rápido y no conlleva tener que adentrarse en mundos complejos. Siempre resultará más descansado ver una peli porno en el sofá que llamar a unos travestis para que animen el asunto.

Para no agotar al receptor, las tramas de estas obras del séptimo arte suelen ser de fácil comprensión y, aunque acostumbran a empaquetarse de diversas formas, en esencia, son las siguientes:

Trama 1: una chica está supercachonda en su casa metiéndose un vibrador. De pronto llega un señor y se la tira en unas posturas que solo pueden hacer ella y Nadia Comaneci.

Trama 2: dos chicas están supercachondas metiéndose un vibrador.

De pronto llega un señor y se las tira en unas posturas que solo pueden hacer ellas y Nadia Comaneci.

Trama 3: una chica está supercachonda metiéndose un vibrador. De pronto llegan treinta señores y se la tiran por turnos en unas posturas que solo pueden hacer ella y Nadia Comaneci.

Por suerte y gracias a la imaginación de muchos y muy buenos directores, los argumentos han ido evolucionando y podemos encontrarnos verdaderas joyas del género. Pero hay personas que no se conforman con ser meros espectadores de este cine, dan un paso más y buscan la excitación grabándose mientras realizan actos sexuales. Seguramente no ganarían ningún premio en el festival porno de Las Vegas, pero sí cumplen su función inductora. Aunque hay parejas que lo practican y les resulta muy edificante para su vida sexual, existen muchas otras a las que el pudor se los impide. Ahí es donde nace la fantasía, donde la imaginación se pone la lencería fina y juega un importante papel clasificado X.

Lali. Cuarenta y dos años. Teleoperadora

A mi marido le encanta el cine porno, y no es de ahora, cuando le conocí allá por el 93 ya era un auténtico experto. Que si Ginger Lynn, que si Traci Lords, que si ahora Jenna Jameson... Conozco mejor la trayectoria de las reinas del cine porno que la mía propia.

Al principio ese *hobby* me parecía una guarrada y hubiera preferido que hiciera alpinismo o algo similar, pero cuando nos fuimos a vivir juntos me acostumbré a sus colecciones de películas, hasta el punto de engancharme tanto como él. En poco tiempo terminé considerándolo parte de nuestra vida sexual, para nosotros era una afición como a quien le gusta hacer rompecabezas de sesenta mil piezas.

El tema es que, en la actualidad, mientras mi marido sigue entusiasmado comprando nuevas películas y encontrando *talentosos* actores, yo he pasado a otra «fase»... Ya no me pone nada ver a las mismas rubias con uñas de porcelana haciendo como que se vienen con un vibrador, y mucho menos al señor que llega para tirárselas recién salido del bronceado… No, ya no les veo la gracia.

Así que he buscado mi propia forma de excitarme… De un tiempo a esta parte imagino que yo soy la protagonista de esas películas X, que mi marido y yo nos grabamos mientras tenemos sexo… ¡Eso me excita muchísimo! Un día, convencida de que se pondría como loco con la idea de hacerlo, se lo propuse. Su respuesta fue contundente:

—¿Tú estás loca? ¿Y si nos pescan los niños? Ni de broma.

Y entonces imaginé el momento en el que mi hijo mayor enseña a sus amigos el viaje a Disney y aparecemos mi marido y yo cogiendo a cuatro patas. Esa visión tan gráfica me borró la idea de un plumazo, jamás se ha vuelto a hablar al respecto. Aunque me sorprendió su reacción, en parte tenía razón: los niños son muy curiosos y podrían llevarse una inesperada sorpresa si encontraran una cinta extraviada, mi marido se cuida mucho de tener su colección de cochinerías a buen recaudo…

Pero a estas alturas de la película, y tan hartita de esas tipas californianas con las marcas de bikini y de sus penetradores metrosexuales, me pongo más cachonda viendo un episodio de *Guardianes de la bahía*… Así que, mientras él se traga la peli, yo pienso en la lista de la compra y después, cuando cogemos, fantaseo con que me están grabando, que todo lo que hacemos es recogido por una cámara. Imagino los planos, me animo a ser más activa y hasta planteo posturitas más sofisticadas… Me excita y eso le excita a él.

Por supuesto, me gustaría probarlo un día y no descarto que durante una escapada los dos solos podamos llevar a cabo la fantasía… Eso sí, después nos desharemos de la cinta sin dejar rastro.

Hay algo evidente en la historia de Lali: lo que le excita a su marido no es lo mismo que la motiva a ella. Mientras a él lo pone la Barbie Extensiones, Lali ha llegado a un punto en el que le atrae algo más real, más «casero». No hay que obviar que el porno casero tiene gran éxito entre los aficionados, sobre todo por lo auténtico de sus grabaciones. Por lo común, el contenido de esos videos domésticos se aleja bastante de la sofisticación del porno profesional, en el que algunos orgasmos son menos realistas que *La guerra de las galaxias*. Quizá eso es lo que le excita a Lali: lo verdadero. Aunque en su caso también podríamos apuntar hacia cierta tendencia exhibicionista: le estimula practicar sexo mientras es grabada… Sentirse protagonista.

Por otro lado, es lógico que exista cierto temor a que la cinta se extravíe y cause un imprevisto, pero también es posible que el marido de Lali no sienta el menor deseo de grabar cómo su mujer le hace cositas en el pene, entre otras cosas porque, según se deduce del relato, lo que provoca su excitación son las chicas infladas de enormes pechos falsos y *piercings* en el clítoris. Es probable que para él sea más excitante cambiar una rueda que grabar un video porno con la parienta. Mientras Lali desea ser la protagonista, para su marido las protagonistas son las reinas del porno; quizá por ese motivo Lali quiere convertirse en una de ellas y captar la atención de él.

Pero en el hipotético caso de que un día graben su filme, estamos seguros de que la cinta desaparecerá gracias a un complejo sistema de destrucción de pruebas llamado «Pasa con el coche por encima de la puta cinta, quémala y tírala al fondo del barranco».

C

FANTASÍAS FETICHISTAS

Como ya explicamos anteriormente, las fantasías fetichistas son aquellas que se inspiran en el fetichismo sexual para poder llegar al *punto* de excitación deseado. Existen muchos tratados sobre este curioso motivo de excitación en el que la mujer se motiva a través de objetos, sustancias, partes del cuerpo...

Según el Diccionario de la Real Academia Española, el fetichismo tiene los siguientes significados:

1. Culto de los fetiches.

2. Idolatría, veneración excesiva.

3. *Psicol.* Desviación sexual que consiste en fijar alguna parte del cuerpo humano o alguna prenda relacionada con él como objeto de la excitación y el deseo.

Subrayemos la última acepción. La RAE lo describe como una desviación sexual, pero en este libro no nos referiremos a nada que tenga que ver con patologías. El fetichismo sexual es una de las prácticas que más atraen la curiosidad de las mujeres, pero en el instante en el que se convierta en algo obsesivo, que lo sintamos realmente como un problema serio y condicione nuestra vida, debería ser tratado por un profesional. Para muchas personas pueden resultar extrañas algunas de las preferencias que expondremos a continuación, aunque no por ello podemos dejar de enumerarlas. Y tampoco estas prácticas han de resultar extremas, hay quien encuentra el *punto* en pequeños detalles, en atracciones que no consideramos llamativas pero que en su fondo se dibuja cierto halo de fetichismo: mujeres a las que solo les atraen los hombres rubios, las manos bonitas, una corbata bien anudada... Estos ejemplos podrían ser una buena muestra de lo que hablamos. Atención a estas afirmaciones:

«Yo en lo primero que me fijo de un hombre es en sus zapatos. Si los lleva sucios, *ciao*.»

«Me ponen a cien los federales. Con ese uniforme negro tan *sexy*...»

«Las manos. Un hombre con las manos bonitas me vuelve loca...»

Estas no resultan extravagantes ni escucharlas llama especialmente la atención; sin embargo, en ellas subyace lo que podría ser una inclinación fetichista. Normalmente son exageraciones, pero sí existen mujeres que a través de pequeños detalles experimentan deseo, incluyendo un traje a medida.

En el interesante campo del fetichismo, la palabra *filia* suele aparecer con frecuencia. Aclaremos que el prefijo *filia* se referirá siempre a «afición» y no tiene por qué ir ligado a patologías. Si fuera así, la halterofilia sería una enfermedad y no un deporte olímpico...

Ahora, entremos en el fascinante mundo del fetichismo y sus fantasías...

21

Y YO CON ESTOS PELOS...

El vello es una poderosa arma de seducción y un gran estimulante, ya sea por exceso o por defecto. Muchas mujeres ven el *punto* en esos hombres velludos a los que les asoma una mullida pelambrera por la camisa, pero también las hay que pierden el aliento al presenciar un cuerpo lampiño, carente de pelo. Para gustos, los varones...

Matilde. Cuarenta y cinco años. Modista
Llevo saliendo con chicos desde los catorce años y todavía no he encontrado a ninguno que realmente me llene. Yo solo salgo con buenorros y supongo que eso me está pasando factura porque, a mi edad, los galanes que están solteros o son cretinos, o desequilibrados mentales, o tienen una mujer y dos hijos en el instituto. Pues bueno, tras salir con toda la alineación del Anormales Futbol Club decidí apuntarme a una web de contactos que me cobraba la friolera de 60 euros al mes. Por esa plata o encontraba al hombre de mi vida o me entregaba a Dios y me hacía monja.

A las pocas semanas conocí a Tomás, un profesor de educación física muy guapo, que además tenía un cuerpo de 10. Pronto quedamos para conocernos y, todo hay que decirlo, el chaval, aparte de saberse de memoria todas las ofertas del Decatlón, no es que tuviera muchos más temas de conversación. Enseguida lo invité a mi casa, no fuera que me quedara profundamente dormida en el restaurante. Nunca imaginé que aquel hombre iba a descubrir algo de mí que yo misma desconocía.

Llegamos a mi departamento, nos dimos unos arrimones y yo empecé a tocarle el paquete. Primero lo acaricié por fuera del pantalón; realmente tenía un buen aparato. Tras un manoseo importante le bajé la bragueta e introduje mi mano dentro de los calzoncillos. Allí estaba su pene pero... era distinto. Sí, distinto a todos los penes que había tocado hasta entonces, y puedo asegurar que habían sido muchos.

Cuando se quitó los pantalones, ya muy excitado, me fijé en sus partes: estaba totalmente depilado. Al pasar mi mano por su verga había notado algo distinto, y era eso. Pero, además, me di cuenta de que la visión de aquel paquete erecto y sin un solo pelo me excitaba sobremanera... Entre susurros le pregunté el porqué de aquella depilación y con parcas palabras me dijo que el sexo era mucho más placentero sin pelo. Y para mí así fue. La sola visión de aquel pene calvo en su totalidad era motivo suficiente de excitación, pero además en la cama funcionábamos a las mil maravillas. Hasta que unos cuantos revolcones después me confesó que se casaba con su novia de toda la vida y que no podía seguir con los encuentros.

Esta aventura me dejó un extraño sabor de boca: por un lado el tipo me importaba un carajo, pero por otro había descubierto algo sorprendente: me excitaba muchísimo viendo genitales depilados. Por supuesto, soy una mujer de mundo y sabía que muchos hombres se los depilaban, pero jamás me había encontrado con uno en la cama.

Desde ese momento, además de que estuvieran buenos, tenían que llevar el pito depilado íntegramente.

En mis posteriores devaneos por la red encontré a Paco, un poli guapísimo con el que quedé el mismo día de conocernos en el chat. Era simpático, gracioso, atractivo… Si ya se depilaba el paquete era el marido perfecto. Evidentemente no fue así, sino todo lo contrario: Paco tenía una mata de pelo como para poder hacer implantes en toda Suecia.

Consideré que el primer día no era cuestión de pasarle la Epilady, así que esperé unas semanas de encuentros sexuales para comentarle el tema. Incluso a mí misma me sorprendían las ganas que tenía de ver aquel miembro rasurado…

—¿Sabes qué me pone muchísimo? —le dije insinuante tras un acostón—. Los hombres con los genitales totalmente depilados…

Tras unas cuantas frases como «¡Qué asco!» o «¡Puaj, un tipo sin pelo en la verga parece un eunuco!», deduje que no tenía ninguna intención de rasurarse.

Volví a insinuárselo en varias ocasiones, incluso le expliqué que se gozaba mucho más, pero su respuesta siempre era la misma: NO. Por supuesto, yo no voy a dejar de salir con él. Para un galán que no me sale rana sería absurdo dejarlo porque no se quita el pelo del pubis, pero sí es cierto que pienso mucho en ello… Incluso cuando estamos cogiendo me imagino que no tiene pelo y me caliento muchísimo. Quién me iba a decir a mí que aquel aburridísimo experto en ofertas de Decatlón iba a ser el descubridor de mi fantasía.

Este gusto por los genitales carentes de vello se denomina «acomoclitismo» y no es tan inusual como parece, sobre todo porque se da en muchos hombres. Ya sea por moda o por gusto personal, a gran cantidad de varones les suelen resultar más atractivas las vaginas rasuradas que aquellas que no lo están. Gracias a estos señores, los centros de depilación láser y fotodepilación están consiguiendo pingües beneficios. Aunque, si nos remitimos a la historia, no podemos olvidar que hasta hace poco lo que se llevaba era un buen «tapete», como se decía en las películas más atrevidas de los setenta. Es de suponer que las casas de postizos estarán frotándose las manos pensando en ese *revival* velludo que retomará la moda del pelo… Ya nos imaginamos a las que se han hecho la depilación definitiva pidiendo cita para ponerse implantes, extensiones y postizos.

Pero modas capilares aparte, el hecho de que Matilde encuentre la excitación en una zona sexual depilada puede deberse a la imagen absoluta de lo que le otorga placer. No solo se referiría a la diferencia táctil y al aumento de goce, también señala una *magnificación* del miembro, del objeto que la estimula.

El caso de Matilde deja claro que nunca nos conocemos lo suficiente. ¿Quién le iba a decir a ella que a esas alturas y después de cepillarse a toda la población de más de dieciocho años conocería un nuevo punto instigador del deseo? Nadie, y menos el pobre hombre experto en Decatlón, que igual estaba rasurado por algo relacionado con las ladillas.

Otra de estas «filias» referida al cabello y que se aleja bastante de los gustos de nuestra amiga Matilde es la tricofilia. Esta definición trata de la atracción por el pelo humano, más concretamente el de la cabeza. En este caso también se le puede añadir el gusto por el vello facial, el púbico (pubefilia o ginelofilia), el pectoral e incluso el axilar. Sin duda nos viene «al pelo» la siguiente historia…

Arancha. Treinta y seis años. Camarera
Desde que tengo uso de razón me han atraído los hombres con barba, con enormes patillas, incluso con un gran bigote. Me excitan los tipos con pelo en la cara. Me dan sensación de…, ¿cómo lo diría?…, ¿semental? Sí, supongo que, para mí, el vello en la

cara de un hombre es un signo de masculinidad, de gran vigor sexual. Y cuanto más, mejor. Y eso no tiene nada que ver con el resto del cuerpo: no me excitan especialmente esos tipos con pelos en el pecho y en la espalda; en realidad, me da igual el vello repartido por su cuerpo, es en el rostro donde yo encuentro el atractivo. No me gustan los que llevan la barba perfectamente arreglada, una barbita raquítica o esas patillas rasuradas por el peluquero gay. Cuando me refiero a pelo en la cara soy explícita: nada de aderezos ni de bigotitos dibujados con escuadra y regla. Quiero pelo.

Si veo a un tío con una espesa y larga barba, siento que es alguien diferente y eso me provoca bastante; verdaderamente es lo único que me empuja a insinuarme a un hombre sin ningún pudor.

Me pregunto de dónde me viene esta afición y a veces pienso que se trata de un deseo no resuelto. Hace muchos años, apenas era yo una adolescente, conocí a un escocés. Probablemente fuera el hombre más guapo que jamás he visto, me quedaba absorta mirándole. Solía llevar unas fantásticas patillas rubias, unas patillas extensas que le cubrían el rostro a ambos lados y que eran tan grandes que se podrían confundir con una barba. Él jamás supo que yo existía, pero aún hoy sigo recordando su rostro de grandes ojos claros y espesa barba dorada… Haber tenido algo con aquel hombre es una historia con la que aún fantaseo. Pienso en cómo me rozaría la cara con su pelo mientras cogemos, pero sobre todo, me excita pensar en su rostro mientras lo hacemos, mirarlo fijamente cuando me coge.

Actualmente suelo tener pareja de forma esporádica y siempre llevan barba o pronto se la dejan para darme el gusto. De momento ninguno se ha negado, pero, si ocurriera, estoy segura de que me imaginaría al susodicho con su barba de dos años, por eso me gusta más que vengan ya hechos de fábrica.

La misma Arancha nos ha dado la clave para saber dónde subyace su amor por las patillas y el pelo facial: de su juventud, del periodo de crecimiento y de búsqueda del placer. Aquel hombre que tanto la atraía marcó en cierto modo sus gustos para el futuro. La barba, concretamente, mostraría un hombre masculino, y en muchos casos maduro. ¿Se trataría entonces de la búsqueda de un protector, de una figura paterna? Podría ser. Lo que sí ha de saber Arancha es que no resulta una filia fuera de lo normal, muchas mujeres se sienten atraídas por el vello en los hombres, ya sea en la cara, en el pecho o en otras zonas, y fantasean con ello.

Con respecto al pelaje, el señor con pelo en la espalda suele ser el menos atrayente para ellas, aunque ese vello pueda venir bien para agarrarse a sus lomos en caso de huida al trote. Y aquellos que consideran antiestético tener el cuerpo cubierto suelen entregarse a la crema depilatoria; es entonces cuando a las féminas nos surge una pregunta existencial: ¿qué es más excitante a la hora de retozar: un hombre cubierto de pelo o el que se depila y cuando le está creciendo raspa tanto que te hace un exfoliado corporal completo? Efectivamente, este tipo de caballeros confunden el «vamos a coger» con el «vamos a exfoliar», experiencia harto desagradable. Partiendo de esa base, puede ser más placentero sexualmente un revolcón con un hombre velludo que una tallada con lija…

Por otro lado, la fantasía del pelo abundante es muy cómoda y fácil de llevar a cabo: la mayoría de los hombres son casi tan felices sin tener que pasarse la Gillette que con un Porsche Cayenne. Casi.

22

HUELE QUE ALIMENTA

Un título muy gráfico para definir esta fantasía en la que los aromas y fluidos corporales son lo que provoca la excitación. Para la mayoría de las fetichistas, el olfato sería el sentido más importante, del que no podrían prescindir: el aroma de una prenda, su perfume, cómo huele un cuerpo determinado, el sudor… Lo que para algunas puede resultar repulsivo para otras tiene un intenso atractivo, en eso reside el secreto. Gracias a estas «perfumistas» por fin podemos contestarnos a la eterna pregunta que nos surge cuando un compañero de oficina apesta a sudor: «Pero ¿su mujer no le dice nada?». Quizá su mujer ha encontrado precisamente el *punto* en ese hedor insoportable…

Tere. Cuarenta y ocho años. Camarera
No sé si será una manía, pero me suelen excitar bastante los hombres que huelen bien. Pero no todos, no puede ser cualquier olor, me gustan suaves, dulces, casi femeninos; el olor a frasco de colonia de 3 euros el litro me parece asqueroso. Aunque, paradójicamente, la excitación más poderosa que he sentido es con un hombre que conocí y que utilizaba Brummel, un perfume bastante fuerte que yo

solo hubiera empleado para quitarme el esmalte de uñas. Fue en ese momento cuando me di cuenta de que su atracción no era motivada únicamente por el perfume, que era la mezcla de olores lo que me incitaba. Sí, después de muchos años estoy convencida de que mi excitación aparece al sentir una combinación entre el olor corporal del tipo y el aroma que se pone. En alguna ocasión, cuando me he topado con un hombre que huele como a mí me gusta, le he preguntado por su perfume, pero no suele ser habitual que coincida mi reacción inicial con la que aparece al ponérselo otra persona. Es una mezcla de factores. Muchas veces suelo masturbarme ayudada por un perfume que más o menos se acerca a lo que me gusta: impregno un pañuelo u otra prenda con este aroma y me excito oliéndolo, me masturbo imaginando que estoy con esa persona, pero no es lo mismo. Por eso, cuando me acuesto con algún hombre anodino, cuyo olor no me provoca demasiado, suelo inspirarme en los olores que he sentido con anterioridad y, aunque parezca extraño, soy capaz de reproducirlos, es como si los tuviera fijados en mi mente...

No es extraño, nuestra mente es capaz de fijar olores, recuerdos... Y, en cuanto a estos últimos, puede ocurrir que a través de un olor nuestro cerebro recupere un recuerdo casi desaparecido en el fondo de la mente o logremos relacionar un aroma con alguien concreto. Por ello son muchas las terapias que utilizan los olores para relajar, calmar, tonificar e incluso transportar a otros instantes vividos... A Tere le excita el olor a perfume, pero deja claro que ha de existir una combinación de este con el aroma corporal del individuo. Cada uno de nosotros segrega una química silenciosa a través de los poros de la piel, las llamadas feromonas, algo que para su privilegiado olfato resulta de gran utilidad: al percibir la combinación de perfume y feromona se produce la reacción. Quizá la particularidad de Tere no esté aún catalogada, pero hay muchas otras que sí. Conozcamos algunas de ellas:

- **Renifleurismo:** excitación con el olor de la orina.
- **Olfactofilia u osmolagnia:** la excitación con olores que emanan del cuerpo, especialmente de las áreas sexuales.
- **Antolagnia:** excitación que se relaciona con el olor de las flores.
- **Ozolagnia:** respuesta sexual ante los olores fuertes.

Curiosas tendencias. Por supuesto y como dijimos antes, cuando esta afición se convierte en una obsesión que nos impide practicar sexo con normalidad y se transforma en el único «objeto» de deseo para provocar la respuesta sexual, es recomendable estudiarlo.

23

UNIFORMES, ¡AR!

Bomberos, policías, ese mecánico embadurnado de grasa, el obrero de camiseta de tirantes, e incluso, para las más arriesgadas, el joven sacerdote: las mujeres estamos rodeadas de excitantes hombres que pasean su uniforme ajenos a la provocación que suponen. Pero no se trata del uniforme en sí, posiblemente la profesión que desarrollan tiene más connotaciones que desatan el deseo: no es comparable un funcionario de correos con un bombero. Aunque, siendo justas, hay que reconocer que los funcionarios de correos aún no han publicado su calendario navideño; quizá nos dieran una sorpresa posando con cuerpos esculturales.

Lo cierto es que el uniforme es un diferencial del resto y, en el caso de los cuerpos de seguridad, no solo es un bonito traje, es la representación de la autoridad, del riesgo… Un signo de jerarquía. En el caso de profesiones como la de mecánico o peón, depende bastante del físico, pero su perfil rudo y varonil suele ser motivo de atracción. ¿Quién no recuerda al obrero de la Coca-Cola? En ese caso, lo de menos era el uniforme.

Dulce. Veintisiete años. Diseñadora

Tengo veintisiete años y una pareja estable desde hace bastante. Mi chico trabaja como técnico en una empresa de aire acondicionado, es lo que se dice un hombre normal con una profesión de lo más corriente... Yo siempre había salido con chicos bastante diferentes a él: militares, bomberos, polis... Ese es el perfil que me gusta. Siempre me ha vuelto loca, no solo su físico bien trabajado, también ese aspecto tan excitante que les da el uniforme. Alucinaba cuando me venían a buscar con él puesto, eso me excitaba muchísimo... Sí, siempre me ha sucedido: me laten mucho los uniformes, y sobre todo los militares. Cuando coincido por la autopista con un camión repleto, me quedo idiotizada mirándolos. Mi afición por este tipo de hombres es tan fuerte que he llegado a quedar con un poli al que he conocido de servicio y al verlo después con el suetercito de pico se me han quitado todas las ganas.

Está claro que mi actual pareja no tiene nada que ver con el riesgo y los cuerpos de gimnasio. Por supuesto que lo quiero mucho y tenemos sexo, pero no es lo mismo... Me enrede con él porque me pareció el más serio de todos los hombres con los que había salido; pronto habló de compromiso y era una buena persona, algo que yo siempre he considerado superimportante, pero realmente... no me pone. O no me pone tanto como creo que debería... En mis fantasías pienso en hombres con uniforme y brazos de acero con los que tengo relaciones bestiales. Llegan a mi casa por sorpresa y utilizan su autoridad para someterme a su antojo. A veces pienso en ellos cuando estoy con mi novio, para poder excitarme lo suficiente.

Muy al principio, como si fuera un juego, le propuse que se vistiera con un uniforme, el que quisiera... Madre mía, no he sentido tanta vergüenza ajena en mi vida... Apareció con un traje de marino de su cuñado que le quedaba tres tallas grande, pero, aunque se lo hubiera hecho a medida el mismísimo Pertegaz, aquella imagen era absolutamente infame, pobrecito mío... Por supuesto, no se lo volví a pedir. Y lo quiero, por eso me siento confusa… No deseo dejarlo, romper a causa de mis fantasías infantiles con alguien serio como él sería un grandísimo error. Pero he de reconocer que solo con esas fantasías soy capaz de mantener relaciones, o al menos llegar a excitarme lo suficiente, algo que no sé si debería preocuparme…

Respecto a la historia de Dulce, podríamos decir que posiblemente el deseo hacia su pareja haya perdido intensidad y por eso no la excita lo suficiente, pero lo más probable es que jamás sintiera ningún deseo por él. Teniendo en cuenta los antecedentes de sus gustos, lo previsible es que este novio cumpla todos los requisitos que ella busca en un hombre: seriedad, compromiso, bondad…, pero carezca de uno muy importante: el atractivo sexual. Sobra decir que para muchas personas el sexo es algo secundario y se apoyan en otras cualidades de la pareja, pero en el caso de esta joven es evidente que no es así, y la sexualidad forma una parte importante de su personalidad.

Muchas mujeres deciden establecer compromiso con hombres que no despiertan su deseo de forma ferviente, pero esas no suelen pedir a su pareja que se vista de la Tortuga Ninja para ponerse a tono. Ahora se trata de valorar todos los aspectos del compañero: si para Dulce el sexo es más importante que el resto de aptitudes, deberá tomar decisiones y asumir que ese no es el *punto* que busca. Posiblemente no busque solo un señor con traje de bombero, sino lo que esas figuras uniformadas representan para ella. El *poder*, del que ya hablamos y que tiene formas inagotables.

24

VAYAMOS POR PARTES...

Muchos expertos denominan «parcialismo» a la excitación sexual provocada por una determinada zona del cuerpo. Y se llama «parcialismo fetichista» cuando las partes que despiertan el deseo son zonas consideradas no erógenas. No es extraño que un hombre se vuelva loco con unos pechos enormes, o que una señora lo haga al ver un pene sobresaliente, pero sí resulta chocante que la respuesta sexual aparezca provocada por una rodilla o unos pies. ¿De dónde nace esta afición? Para algunos expertos podría deberse a una personalidad inmadura y narcisista que basa su deseo en una región de la persona y no en la totalidad de esta: no es lo mismo excitarse con un pie que con una persona que tiene unos pies bonitos. Es como si la relación se tuviera unilateralmente con la zona en cuestión, obviando el resto. Entonces, vayamos por partes...

Mariví. Cuarenta y ocho años. Cocinera
No soy una mujer que se fije demasiado en los hombres, quizá por eso no he tenido demasiado éxito con ellos. Excepto mi marido y un par de ligues allá por el siglo pasado, mi currículum amoroso es más

bien escaso. Pero sí hay algo de ellos que me llama la atención… Las venas de sus brazos. No me refiero a las de los culturistas, para mí esas son verdaderamente repugnantes, hablo de brazos fibrosos a los que de pronto les sobresale una vena discretamente. Por la zona del antebrazo, o en el bíceps. Por supuesto, esta tontería mía no es algo que me preocupe, ni la voy contando por ahí, pero sí reconozco que es algo que me atrae, que me excita. Ver a un hombre con las mangas recogidas a la altura de los codos y esa vena deslizándose por el antebrazo incita mi fantasía. Acariciar esos brazos, pasar mis manos por esa vena marcada… Mi marido es más bien gordito, y si tiene venas están escondidas debajo de unos cuantos kilos de más, pero disfruto viendo a alguno de mis compañeros de cocina, mientras suben cajas, tallan o hacen algo que les supone ejercicio físico… Es un bonito paisaje que despierta en mí sensaciones que me resultan muy placenteras y que estaban dormidas…

Mariví dice no dar importancia a su afición. Pero quizá sí la tenga. Aunque no afecte a su vida cotidiana y se conforme con fantasear observando los brazos de sus compañeros de cocina, es posible que en la última frase de su historia encontremos un dato sustancial: «Es un bonito paisaje que despierta en mí sensaciones que me resultan muy placenteras y que estaban dormidas…». Que estaban dormidas… Ella ha encontrado el *punto* en esos brazos que tanto admira, pero sin duda detrás hay algo más complejo que un señor con las mangas remangadas limpiando loza. Puede ser un recuerdo del pasado que ve reflejado en esos brazos, una idea que conserva de su infancia, o la representación de algo que para ella resulta excitante y que no tiene en su matrimonio.

El parcialismo fetichista más conocido es el que se refiere a la pasión que desatan en algunas personas los pies. A esta atracción, los entendidos en la materia la denominan «podofilia». Los podólatras se suelen excitar a través de gran variedad de actividades relacionadas con los pies: chupando, oliendo, lamiendo, acariciando, besando... La simple acción de contemplar un pie también sirve para desatar su instinto. Existen muchos juegos que rodean el increíble mundo del fetichismo podal:

- **Footjob:** sexo que se realiza con los pies. En esta disciplina pueden participar tanto las plantas como los dedos y las formas de provocar el placer solo dependen de la imaginación de los usuarios.
- **Tickling:** juego también conocido como knismolagnia y que habla de la respuesta sexual que se obtiene al hacer cosquillas en los pies. Con las manos, con delicadas plumas, con la lengua... Otro juego sujeto a la fantasía de quien lo utiliza. Cuando se inmoviliza a la otra persona para practicarle dichas cosquillas estaríamos hablando de *tickle bondage* o *tickle torture.*
- **Heeljob:** practicar el sexo con zapatos de tacón. Muchas personas ven muy excitante contemplar a una mujer en unos altos tacones, pero mucho más si con ellos se entrega al placer. En esta modalidad suele ser la mujer la que lleva los zapatos, pero hay muchos hombres fetichistas que también se estimulan llevándolos.

Como estos, existen infinidad de designios para definir los juegos que se practican dentro de la podofilia: *sandaljob* es el sexo con sandalias; el *sockjob*, con medias; el *trampling* es la excitación a través de las pisadas sobre el cuerpo... Generalmente estos términos se emplean en la industria del sexo para diferenciar la diversidad de prácticas existentes.

Rocío. Veintitrés años. Esteticista

Descubrí mi pasión por los pies en la academia de estética. Yo siempre había sentido devoción por los pies cuidados y bonitos que llevan algunas mujeres, pero jamás me hubiera imaginado que en ese gusto podría residir una auténtica atracción sexual. Mientras hago una pedicura o quito los callos de un pie, no suelo sentir nada, pero el día en el que la profesora nos mostró cómo hacer masajes relajantes en los pies, me puse muy nerviosa. Yo no soy lesbiana, y si lo fuera puedo asegurar que la compañera con la que me tocó hacer el ejercicio sería la última persona sobre la tierra con la que tendría relaciones. Ni siquiera sus pies eran bonitos, eso por no hablar de que no los llevaba precisamente limpios. De sentir una repulsión total por tener que tocar aquellos pies sin darme la antitetánica, pasé a una sensación alucinante. Primero apliqué una crema hidratante sobre el pie y después dejé que mis manos se deslizaran por él. Desde el tobillo hasta el empeine, pasando por los dedos, entrando y saliendo de ellos, volviendo a subir hasta el talón para bajar de nuevo hasta el dedo gordo, la planta… Sin darme cuenta, la que estaba disfrutando del masaje era yo, seguramente muchísimo más que ella. Por unos minutos, me abstraje de la clase y me quedé inmersa en aquel pie… Cuando todas mis compañeras habían terminado el ejercicio, yo seguía acariciándolo. Hasta que mi compañera me sacó del trance con uno de sus bufidos y volví a la realidad.

Ese día salí de la escuela convencida de que yo no solo era lesbiana, sino que me ponían las señoras con mostacho, pelo grasiento y pies sucios.

Pasó un tiempo hasta que esa ridícula idea desapareciera de mi cabeza: ayudada por algunos libros sobre el fetichismo y probando con otras compañeras, me di cuenta de que no me ocurría con una persona concreta, ni con un pie concreto; mi excitación aparecía con cualquier persona y con cualquier pie que me resultara atractivo en ese momento: Incluso daba igual el sexo de mi pareja. No se trataba de tocarlos ni olernos, el detonante aparecía cuando lo masajeaba.

En la actualidad tengo novio y está encantado de mi afición por los masajes, aunque sí he de reconocer que, cuando veo pies interesantes caminando por la calle, pienso en poner mis manos sobre ellos y darles placer… Me da morbo pensar en cómo haría esto o lo otro… Pero la tentación real surge en el trabajo: si viene una clienta con un pie bonito o un olor especial, suelo regalar un masaje extra que suele resultar muy «satisfactorio» para ambas…

A Rocío le gusta masajear un pie desnudo, algo que viene muy bien a la sociedad en general, no olvidemos que un buen masaje en los pies es un gran placer.

Existen muchas teorías en torno a este amor por los pies. Por supuesto, una de ellas es la que habla del pie como un símbolo fálico, del pie como una referencia sexual… Más complejo sería averiguar de dónde nace este instrumento para Rocío, pero es posible que en su actuación exista cierta parte de narcisismo: ella se excita haciendo masajes, demostrando su maestría en algo tan placentero, haciéndose notar. Otra teoría podría ser que Rocío tiene bloqueos en cuanto a las zonas consideradas erógenas, como los genitales, y utiliza una parte distinta del cuerpo para desatar su deseo y liberar la libido. En cualquier caso, lo ha incluido en su vida de forma natural, pero si sintiera esta práctica como un problema sería recomendable tratarlo con un especialista. Mientras eso no suceda…, pies ¿para qué los quiero?

25

VOYEURISMO Y EXHIBICIONISMO

Dos armas infalibles para alentar el deseo y la fantasía de algunas mujeres. Existen las que obtienen excitación sexual mientras piensan en contemplar situaciones eróticas, y aquellas que se excitan imaginando que son observadas. Curiosamente, volvemos a tratar dos aficiones que se dan mucho más entre los hombres que entre las mujeres... ¿O quizá es que las mujeres no verbalizan esta inclinación?

Comencemos por el voyeurismo. Esta palabra de origen francés significa «mirón» y las formas de practicar ese «mirondismo» son muy diferentes de un caso a otro: nada tiene que ver esconderse tras unos árboles clandestinamente para espiar los encuentros amorosos de unos jóvenes que permanecer sentada en una silla observando cómo tu pareja lo hace con otra. El primer caso podría incluso estar penado por ley, ya que es posible que se considere una violación de la intimidad. Cuidado, la línea que separa lo imaginativo de la infracción podría ser muy delgada... Existen casos de *voyeurs* que incluso han llegado al extremo de colocar cámaras para poder observar a sus objetos de deseo. Como es obvio, esos casos no son de los que trataremos.

Hay que decir que para analizar esta práctica existen teorías muy diversas: mientras unos expertos apuntan a que la persona verdaderamente *voyeur* solo se estimula mirando a través de una mirilla, una cámara, binoculares o una cortina, otros abren el campo e incluyen en esta filia a las que sienten excitación presenciando sexo con previo consentimiento del otro o disfrutando de la pornografía.

Fina. Treinta y cinco años. Editora gráfica

Durante un año estuve saliendo con un hombre que me resultaba muy atractivo. Él era de los pocos que habían despertado mi instinto sexual. Los juegos de todo tipo se daban con total naturalidad y cosas a las que yo jamás habría accedido las hacía con él, y sin pensarlo entraba en su juego, guiada por la excitación que me producía y que antes jamás había experimentado.

Él tenía una amiga, una especie de exnovia con la que se llevaba muy bien. Yo siempre tuve la sensación de que se veían ocasionalmente y, cuando me propuso hacer un trío con ella, mis sospechas se confirmaron. Por supuesto, no accedí con tanta rapidez como en sus anteriores propuestas: en este caso se trataba de añadir una tercera persona en la cama, algo que no entraba ni jamás había entrado en mis planes. Tras sopesarlo mucho e incitada una vez más por el «desorden» que la relación con él me provocaba, accedí.

Pedí que nos citáramos en un hotel, un lugar neutro del que no quedara ni rastro. ¿Y si salía mal? No quería que en mi habitación quedara ni un solo recuerdo, ni por supuesto en la casa de mi pareja.

He de decir que la mujer era todo lo contrario a lo que yo me esperaba: tenía la idea de que alguien que practica estas cosas va vestida con unos enormes aros dorados y un body de leopardo. Ni mucho menos. Según dijo, había tenido un problema en el despacho y llegaba directamente de allí vestida con una preciosa blusa blanca y una falda de corte sencillo. Era lo que se podría decir una mujer estilosa y de exquisita educación. Nos saludamos y durante una hora aproximadamente estuvimos hablando de cosas banales, mientras mi chico ponía unas copas. Yo me tomé tres. Estaba nerviosa, extrañada, pero también existía en mí una excitación desconocida que me empujaba a investigar... «Pero ¿y si sale mal?», volvía a repetirme.

Pronto comenzaron las caricias entre ellos, primero en el sofá. Empezaron a besarse ante mis narices, yo contemplaba cómo se metían mano y se excitaban. Yo estaba tan fuera de onda que al principio sentí ganas de escapar corriendo del hotel y dejarlos que cogieran tranquilos. Él era mío y allí estaba, comiéndole el frente a otra mientras yo me tomaba un whisky con Coca-Cola. No sabía muy bien qué hacer, si unirme a ellos, si quedarme sentada mirando hacia otro lado o si poner la tele. O irme lo más lejos posible. A Uganda, por ejemplo.

Quizá el alcohol me ayudó a relajarme, pero, cuando se fueron a la cama que estaba frente al sofá, yo no moví ni un dedo. Seguí allí sentada y poco a poco aquella imagen que despertaba mis celos se fue transformando en algo que me producía gran excitación. Comencé a masturbarme mientras miraba cómo cogían, supongo que se produjo un descubrimiento. La sensación de incomodidad, de celos, de extrañeza desapareció por completo y, aunque desde fuera, yo estaba participando en aquel juego de a tres. Los observaba, miraba cómo él penetraba a la señora de la blusa blanca una y otra vez, masturbándome. Cuando me invitaron a unirme, me negué educadamente y ellos continuaron con su faena hasta que los tres llegamos al orgasmo.

No volvimos a reunirnos más y tras unos meses la relación se terminó, supongo que estaba basada potencialmente en el sexo, y cuando dejé de desear a mi pareja no quedaba nada que nos mantuviera unidos. Pero el recuerdo de aquel descubrimiento sigue conmigo. No he vuelto a practicarlo, aunque sí me gusta imaginar a personas manteniendo sexo mientras yo miro. Fue una experiencia que no creo que vuelva a suceder más que en mi cabeza, pero me alegro de haberla descubierto.

Fina se ha quedado prendada de aquel encuentro al que acudió sin muchas expectativas. Para alguien que no está acostumbrado a los juegos liberales no suele ser muy apetecible tener sexo con tu pareja y su exnovia, pero al final encontró un interesante punto para su excitación: mirar. Ahora sabe que guarda un arma muy eficiente para excitarse y, aunque parece haber decidido no practicarlo, es algo que conserva en la memoria y de lo que hace buen uso. Esto pone de nuevo de manifiesto que a veces nos negamos a acceder a una nueva aventura por miedos y prejuicios, y nunca se sabrá si, una vez llevada a la práctica, supone algo satisfactorio o digno de ser olvidado.

Existe una práctica sexual llamada «candaulismo» en la que hay implicadas tres personas, pero una de ellas solo observa. Aunque el relato de Fina y su gusto por observar podría englobarse en esta práctica, no es así. El candaulismo o candalagnia está más ligado al exhibicionismo. Por lo general, el miembro de la pareja que se excita con esta práctica es exhibicionista y lo que desea es mostrarse manteniendo relaciones sexuales con otra persona ante ella, demostrar su talento. También se denomina así cuando uno de los miembros de dicha pareja se estimula mostrando a su media naranja a otras personas, como si fuera un trofeo.

Abordemos entonces esa pasión por mostrarse: el exhibicionismo. Volvemos a recalcar que una persona que se abre la gabardina en un parque mostrando sus genitales no solo tiene un problema serio que ha de resolver, sino que está cometiendo un delito. De ninguna manera hablaremos de estos casos, sino de aquellos en los que todas las partes aceptan las reglas y participan del placer. Como en el conjunto de estas prácticas, existen teorías de todos los colores para explicar la tendencia exhibicionista: algunas apuntan a una falta de madurez, a la necesidad de seguir siendo ese centro de atención que eran cuando niños. Con la edad cambian estas actitudes, pero hay personas que no lo logran y se refugian en el exhibicionismo. Otras teorías hablan de individuos en los que, paradójicamente, el exhibicionismo nace debido a un complejo de inferioridad y a ciertos problemas para las relaciones interpersonales.

Malena. Veintiocho años. Informática

Soy una mujer muy tímida. Supongo que, por mi educación y forma de ser, nunca he sobresalido del resto, y tampoco es algo que me haga sentir cómoda. Tengo una buena voz, toco bien el piano y sin embargo no suelo mostrar mis dotes, ni siquiera en los eventos familiares. Es algo que guardo celosamente y que practico casi siempre en soledad. No me gusta sentirme observada, tengo la sensación de que me están juzgando y no lo puedo soportar. Supongo que por eso elegí una profesión en la que mi labor es muy compleja y necesaria, en mi empresa soy indispensable pero absolutamente invisible. Mi madre siempre ha dicho que soy demasiado vergonzosa para triunfar en la vida, y tiene razón.

Pero hay una parcela en la que ese pudor desaparece totalmente, el sexo. Me excito imaginando que me están observando mientras me acaricio los genitales. Es una liberación para mí. En ese momento el deseo se apodera de mi retraimiento y se produce una explosión que me lleva al orgasmo. Nunca lo he puesto en práctica, pero sí he visto muchos videos caseros en Internet en los que chicas se masturban ante la cámara y después lo suben para enseñarlo. Eso me atrae muchísimo, incluso pienso en hacerlo algún día. Buscar un rincón de la habitación que sea neutro, colocar la cámara de tal modo que solo enfoque mi coño y enseñar cómo me acaricio hasta llegar a venirme. Mostrar mi sexo, propagar el placer que soy capaz de darme a mí misma No creo que lo haga jamás, el miedo a que me descubran es mucho más poderoso que los deseos que tengo de hacerlo, pero sí pienso en llevarlo a cabo. Creo que sería una experiencia positiva. Aunque sospecho que adictiva para mí.

Malena habla de exhibirse, pero, si profundizamos en sus palabras, en ningún instante se refiere a hombres o mujeres, a individuos que la observan. Ella se expone y su excitación la provoca esa exhibición, no un sujeto que la observa mientras juega con su sexo. Y menos aún un sujeto concreto. Su deseo le pertenece y no se intuye que le vaya a ser fácil compartirlo de forma física; al menos por lo que se desprende de su historia, Malena no parece el alma de la fiesta, es de imaginar que relacionarse con los hombres no le es del todo fácil. Ahora solo queda confiar en que encuentre un *nerd* al que le excite mucho mirar chicas que se tocan los genitales. Sin duda serán la pareja perfecta: *softwares* y sexo. Una mezcla explosiva para los informáticos.

26

TOYS & COMPLEMENTOS

Detrás del fetichismo hay una gran industria, y no solo nos referimos al cine erótico. Juguetes sexuales, prendas fetichistas y demás complementos han creado un nuevo mercado en el que las mujeres tienen la oportunidad de conocer nuevas sensaciones gracias a la proliferación de firmas que se dedican a este campo. Atrás quedaron las bolas chinas y los vibradores escondidos debajo de la cama. Este supuesto cambio que podría estar transformando la sociedad femenina ha conseguido crear un sofisticado mercado en el que se pueden encontrar los más exquisitos ingenios. Las antiguas *sexshops* se han transformado en *boutiques* eróticas, eufemismo que permite a las mujeres entrar en ellas sin los miramientos de antaño y en las que, normalmente, se puede encontrar un amplio catálogo dedicado al sexo de la mujer. No solo eso, en muchas de ellas, además de un corsé de Maya Hansen o un vibrador de platino con diamantes, se suelen realizar conferencias, talleres, encuentros literarios y cursos sexológicos en los que aprender a conocer mejor las posibilidades de cada una. Efectivamente, nada que ver con aquellas *sexshops* con olor a fluidos corporales a las que se entraba con pudor a comprar un regalito para una despedida de soltera... Ahora, las mujeres pueden comprarse sin pudores aquel enorme vibrador del tamaño de la torre de Pisa con el que fantaseaban. Repasemos algunos de los «greatest hits» de los juguetes eróticos:

- ***Smartballs:*** se refiere a las bolas chinas o Ben Wa. Ahora han dejado de ser una cuerda con varias bolas y un arete y se han convertido en sofisticados mecanismos del placer. De una bola, de dos, de tres, con forma de huevo y que se adapta al calor del cuerpo... Estas bolas tienen dentro otras más pequeñas que con el movimiento van golpeando a las grandes, consiguiendo una vibración que origina el placer. Los precios de este placer pueden ir de los 10 euros a los 400, todo depende de las ganas de experimentar de la usuaria.
- ***Plugs:*** artefacto en forma de cono que se introduce analmente. Al igual que otros *toys*, sus diseños son muy cuidados y fabricados con materiales de lujo. Las más atrevidas pueden encontrarlo con látigo incorporado. Por supuesto, dentro del grupo de *toys* para el sexo anal se pueden hallar obras de arte que en lugar de dildos parecen verdaderas esculturas contemporáneas. Una vez más, si te lo pilla tu madre, puedes alegar que es una cosa que compraste en Ikea.
- ***Dildos:*** lo que antiguamente se denominaba «consoladores» y que ya eran utilizados desde tiempos inmemoriales. Ahora se pueden encontrar dildos que son auténticas obras de ingeniería en busca del placer: expertos en punto G, en punto P... Algunos, por su precio, deberían ser capaces de encontrarnos todo el abecedario... Además, los hay de muy diversos materiales. Lejos de aquel plástico del que se componían los antiguos juguetes, ahora se fabrican en silicona, cristal, de madera tallada, de cerámica, de acero quirúrgico... Hasta con incrustaciones de cristales de Swarovski.

Eso por no hablar de los dildo-joyas realizados con metales y piedras preciosas. Todo al servicio del placer.

- **Vibradores:** desde que lo inventara el doctor Joseph Mortimer Granville para curar la llamada «histeria femenina», allá por el siglo XIX, estos dildos con batería han evolucionado mucho. De ser un reclamo en los balnearios de alta alcurnia a buenos compañeros del sexo. Se pueden encontrar en cerámica y aluminio para poder ser calentados o enfriados, en oro de 24 kilates...

- *Strap-on*: actualmente, en lugar de decir «Quiero un arnés con pene» se dice «Ponme un *strap-on* para llevar». Este artilugio sirve entre otros juegos para que la mujer penetre analmente al hombre (*pegging*) o a quien le venga bien en ese instante de pasión. Se pueden encontrar en todos los diseños imaginables y suele estar compuesto de dos piezas: el dildo y el arnés. También se llama «pene femenino».

Y, por supuesto, la industria de la juguetería erótica no ha olvidado a Grey. En el mercado se pueden encontrar diversidad de artículos inspirados en las escenas del libro e incluso existe un *kit* oficial aprobado por la propia autora, compuesto por esposas, vibradores, bolas chinas y anales, antifaces, látigo y paleta, cono anal y kits *bondage*. Un precioso regalo navideño para los suegros.

Estos son solo unos ejemplos de las sorpresas que nos esperan en las estanterías de las *boutiques* eróticas. Ahora solo queda atreverse a entrar en la tienda, dar rienda suelta a la Visa y llevar a cabo las fantasías.

Daniela. Treinta y nueve años. Abogada
Me excito pensando en enormes dildos. Dildos que no tienen un tamaño normal, cuanto más exagerado es su tamaño más me excito. Un día se lo conté a mi novio durante un acostón, como algo provo-

cativo para excitarnos en plena faena. Poco después me regaló un consolador de 35 centímetros que le costó un dineral y que estaba hecho en acero inoxidable y llevaba grabada la frase «Tu placer es el mío, te amo». Por supuesto, lo que para él era un elegante, romántico y enorme dildo, para mí era un trozo de metal que no me producía ningún deseo. Estaba bien para ponerlo en la salita, o en la habitación de invitados, pero no era exactamente lo que ocupaba mi imaginación. Lo llegamos a probar varias veces, pero realmente no encontraba ninguna excitación en él, era algo inerte que me resultaba muy ajeno, como si en lugar de jugar con mi pareja estuviera haciéndome una citología… Con aquel acero frío, sin vida… Además, no se trata de meterme un falo. Yo no se lo conté con la intención de que lleváramos a la práctica la fantasía, solo fue una forma de provocar más excitación en pleno acto sexual. Por supuesto, el dildo de 300 euros ha acabado en el fondo de una maleta y nunca más lo hemos vuelto a usar. Porque yo no busco llevar a cabo mis pensamientos, me excita la imagen: imaginarme que soy penetrada con esos colosales aparatos, sin la existencia de mi novio ni de nadie, es una imagen en la que me gusta pensar para excitarme, e incluso verbalizar. Es más, creo que, si lo trasladara a la realidad, me resultaría muy doloroso y tan frío… Por eso me pregunto por qué tengo esos pensamientos tan extraños.

No es excepcional que muchas mujeres verbalicen sus fantasías en medio de la vorágine sexual, pero eso no quiere decir que estén dispuestas a cumplirlas. Como ella cuenta, no tiene ninguna intención de introducirse vaginalmente un autobús de línea, tan solo le excita imaginarse que lo hace… Pero ¿por qué esta fantasía? El factor visual es muy importante a la hora del estímulo, y, si a eso se le añade que un pene grande simboliza en nuestra sociedad una gran virilidad, estos pueden ser algunos de los motivos que generan esta idea, aumentando el placer que siente Daniela. Aunque resulta curioso, una vez más la protagonista borra de la escena a su compañero, y se centra únicamente en su representación, en este caso jugando con un objeto inanimado, en algo que carece de lazos afectivos, de entrega. Se utiliza para el placer y después, se abandona. Sí, muchas son las teorías que podríamos apuntar, pero lo único cierto es que ella disfruta doblemente del sexo gracias a esta fantasía XXL.

Dildos aparte y teniendo en cuenta lo solícito que es el novio de Daniela, sería recomendable que, la próxima vez que verbalice una fantasía, comente que le excitan mucho los Audi A3... A lo mejor aparece con uno...

Trini. Cuarenta y un años. Administrativa

He cumplido todas mis fantasías sexuales, soy una mujer que jamás ha tenido problemas con el sexo y he actuado con absoluta libertad para plantear mis deseos y llevarlos a cabo. Y las experiencias han sido siempre muy satisfactorias, aunque he de reconocer que suelo sentir más placer ideando las fantasías que haciéndolas realidad. Pero existe una que aún no he logrado cumplir: penetrar analmente a un hombre con un arnés. A pesar de que la mayoría de ellos no han tenido problemas en que juguemos a todo lo imaginable, a la hora de llevar a cabo este juego se han negado; consideran que es una especie de violación de su «hombría». Tampoco mi fantasía es algo demasiado descabellado: yo me he dejado penetrar analmente decenas de veces, incluso sin encontrar ningún placer en ello, por el mero gusto de verlos gozar a ellos.

Pienso en cómo sería meter mi verga en un hombre y se me ponen los pelos de punta, es una sensación de dominio que me excita sobremanera, ser yo la que embiste, la que manda. Supongo que la sola idea de tener pene ya me suele poner bastante. El pene es para mí un símbolo de poder, nada parecido a una vagina, aunque en ocasiones el poder de un coño haya destruido imperios. Un pene erecto, tener un descomunal miembro, me pone muy cachonda. En un viaje a Ámsterdam con uno de mis ex, estuve a punto de comprar uno de esos aparatos; verlos en la estantería ya me excitaba. Pero, una vez más, mi pareja no estuvo de acuerdo y prefirió comprarse unas pelis porno en oferta. Suelo entrar en Internet y mirar en las webs de artículos eróticos los diferentes tipos de arneses que se venden. Realmente hay verdaderas maravillas, algunos tienen un diseño tan sofisticado y bonito que me lo compraría solo por tenerlo, para estar preparada por si un día… Aunque, en realidad, el hecho de no cumplir esta fantasía no me preocupa, tampoco es malo tener una fantasía por cumplir.

Esta fantasía es frecuente, al igual que es habitual que la pareja se niegue por los motivos que cuenta Trini en su relato: les puede resultar una profanación de lo que consideran «su virilidad». Lo más probable es que, si hiciéramos un sondeo sobre el hecho de que una mujer los penetre analmente con un arnés, nueve de cada diez hombres heterosexuales se negarían a hacerlo por esta cuestión. La mayoría siente que se transgrede su masculinidad y eso les provoca un rechazo total hacia este juego. No entraremos en debatir qué resulta más o menos viril en un señor, pero podemos asegurar que por rechazo, educación o vergüenza, si en una final Real Madrid-Barça se preguntara por el sonido a los asistentes, ninguno levantaría la mano para dejarse penetrar. Por supuesto, hay muchos hombres heterosexuales que se excitan siendo sodomizados, pero no suelen hacerlo público por miedo a que se les juzgue.

Pero ¿qué placer encuentra Trini en esta práctica? Físicamente puede suponer placer, puesto que con el *pegging* se suele estimular la vagina con la base del dildo. Aunque el placer más poderoso está sin duda en el cerebro, ese gran instrumento sexual: para ella es sumamente excitante cambiar los roles y apoderarse del mando de la situación: llevar las riendas. Es posible que en su cotidianidad Trini resulte una mujer acostumbrada a que sea el otro quien toma decisiones, pero gracias a esta fantasía, libera esa opresión y encuentra la satisfacción sexual.

D

FANTASÍAS INSPIRADAS EN EL BDSM

Los juegos sadomasoquistas, o la llamada «sexualidad extrema no convencional», se ha puesto de moda gracias a personajes como el famoso Grey. Ahora, muchas mujeres creen que conseguirán encontrar el *punto* emulando prácticas de cierta dureza. Por supuesto, sobra puntualizar que nada tiene que ver un sensual mordisquito en la oreja con que un señor te azote hasta perder el conocimiento. En cuanto a llevar a la práctica estas fantasías, tenemos que saber muy bien lo que deseamos, y por supuesto seguir unas pautas, unas normas de conducta que hagan de nuestros juegos algo seguro y no peligroso. En primer lugar se recomienda plena confianza en el otro, algo que resulta difícil si se juega con un desconocido. La complicidad ha de ser total y la pareja ha de saber de nuestros deseos, entender con un gesto, una mirada, una palabra pactada, lo que queremos y, sobre todo, lo que NO deseamos, cuándo hay que parar. Sobra decir que el consumo de drogas y alcohol están de más a la hora de sumergirse en esta modalidad sexual. El BDSM abarca muchos juegos de diferentes intensidades, algo que ha de estar consensuado por las partes participantes y que en ocasiones puede ser más «extremo» de lo que creíamos.

Para centrar el concepto, y dadas sus diferentes modalidades, a partir de este instante pasaremos a denominar estas prácticas como BDSM, acrónimo de las iniciales de los siguientes términos: *bondage, disciplina* y *dominación, sumisión* y *sadismo, y masoquismo*. Este término engloba, además del sadomasoquismo, gran diversidad de praxis, incluidos los juegos de rol y el fetichismo, del que ya hemos hablado con anterioridad.

¿Por qué ahora hay mujeres que se han entregado a este tipo de fantasías? ¿Están buscando una sexualidad perdida o quizá la acaban de encontrar? Para algunas, estos placeres no son algo que acaba de aparecer en sus vidas, muchas guardan fantasías ocultas que sonrojarían al mismísimo marqués de Sade...

27

PLACER Y DOLOR...

Cuando hablamos de encontrar placer en el dolor, siempre nos referimos a unos juegos consensuados en los que existe acuerdo por ambas partes. A esta práctica se la denomina «algolagnia» del griego *algos*, «dolor», y *lagneia*, «placer».

Carmela. Treinta y siete años. Ama de casa
Soy ama de casa. Tengo dos niños de tres y cuatro años y un marido adorable que trabaja como ingeniero en una gran empresa. Me encanta la decoración del hogar, jugar con mis hijos, acudir a clases de hípica... Y mi vida sexual no puedo decir que vaya mal. Pero siempre me ha faltado algo. Algo que me resulta imposible compartir con mi marido y que se ha convertido en mi secreto.

Desde bien niña, me excitaba con el dolor. Comencé mordiéndome los labios. Sentía un placer infinito, llegaba incluso a provocarme heridas. Después pasé a comerme las uñas, a devorarme los dedos... Eran toques sutiles que para los mayores obedecían a mi carácter nervioso, pero que a mí me provocaban una poderosa excitación sexual. Con el tiempo, terminé por no dar importancia a aquellas «manías» hasta que llegaron a desaparecer. Sin embargo, llegaron otras.

Tras las relaciones sexuales con mi pareja, necesitaba pellizcarme la vagina, era la única forma de llegar al orgasmo que tenía, así que, harta de gozar sola, hice partícipe a mi marido. Por lo general, mientras mantenemos sexo, yo me pellizco para facilitar mi clímax, algo que en la relación ya es cotidiano. Pero con la edad, quizá con la experiencia, necesito más. Mucho más.

Me imagino que es mi marido el que me pellizca hasta hacerme gritar, en ocasiones con herramientas de nuestro garaje. Pensar en el placentero dolor que me pueden producir me excita enormemente. Al principio, intentaba dotarlo de cierta estética y, para decorar nuestros juegos y hacerlo partícipe a él, integré a la vida sexual fustas de diseño y preciosos corsés de látex. Pero aquello era un grotesco disfraz que poco me satisfacía.

No, mi fantasía va más allá. Cuando estoy con él fornicando, pienso en que otro hombre, un hombre fornido al que no puedo ver el rostro, llega por detrás y va introduciendo su mano por mi ano. Poco a poco… Hasta que logra introducirla por completo… Me imagino la mano de ese hombre dentro de mí, el placer que podría darme, y me excito enormemente. Siento que ese ser desconocido me posee de lleno, me domina… Y esa imagen me empuja al orgasmo.

No me siento con libertad para proponer a mi marido esta fantasía, ni quiero que sea él el que me lo haga. En mi mente, está la imagen de ese cuerpo colosal, al que no puedo ver el rostro y que me da un placer infinito. Y no es el padre de mis hijos.

Probablemente, si a Carmela le pellizcaran cualquier parte del cuerpo fuera del acto sexual, ella respondería con una sonora bofetada. Esta excitación se suele relacionar en la mayoría de los casos con el momento del apasionamiento y fuera de esos límites no tiene objeto. No es algo infrecuente encontrar mujeres que duplican su excitación con arañazos, pellizcos, mordiscos en los pezones… En esos actos buscan la intensidad, y la unión de placer y dolor aumenta la libido. El relato también habla de la puesta en escena. Como en toda la industria del erotismo, han proliferado los ingenios para provocar dolor: fustas, látigos, complementos incitadores, máquinas de tortura… Todos ellos aparatos creados para el menester de procurar placer a quien gusta de estas prácticas.

Pero ¿a qué responde esta fantasía? Quizá simplemente se trata de una búsqueda distinta del placer, aunque existen muchas teorías. Si para la protagonista el dolor que le excita es símbolo de castigo, esto podría significar una especie de «liberación» de un posible sentimiento de culpa. El dolor en sí también sería traducido por algunas personas como placer. Otra teoría apunta al efecto que causan las endorfinas que genera nuestro cerebro como respuesta al dolor y que puede resultar una forma de goce sexual. Cada persona posee un resorte distinto como generador de su placer, pero cuando el masoquismo adquiere tintes autodestructivos y supone una limitación importante en la vida de quien lo practica, habría que contemplar la posibilidad de que se trate de una patología y debe ser tratada por un experto.

28

AMAS Y SIERVAS

Amas y siervas, dominar y ser dominadas. Pero ¿qué significan realmente estos conceptos? En el caso de las fantasías de esclava, hemos de recalcar que no tienen su base obligatoriamente en la sumisión como actitud vital, como podría parecer en un primer momento. En algunos casos sí, pero, en otros, se da en personas con caracteres dominantes o que en su vida real tienen muchas responsabilidades; abandonarse a las órdenes de otro puede suponer un alivio de esa carga. Por un momento no es una persona que tenga que decidir, sino solo acatar órdenes.

Rebeca. Cuarenta y tres años. Abogada
A los veintinueve años me embarqué en un gran proyecto: crear mi propio bufete de abogados. Con el tiempo y mucho trabajo he conseguido tener un importante despacho. Supongo que mi carácter enérgico ha sido fundamental para poder dirigir este barco que al principio iba sin rumbo. Joven, inexperta y con un préstamo que había hipotecado a toda mi familia, fueron años muy duros hasta llegar a estar donde estoy, pero todo el mundo confiaba en mi fortaleza, en mi espíritu de decisión, en mi capacidad de liderazgo. Y

es cierto, soy una mujer exigente, disciplinada, responsable y muy rígida, sé lo que quiero y lo que deseo que me den mis colaboradores: cada caso perdido son cien clientes perdidos, por eso trabajo duro y mi don de mando es implacable, no tolero las incompetencias ni el fracaso.

Esta dedicación plena al trabajo me ha impedido tener una vida sentimental estable; aunque sexualmente siempre he encontrado hombres dispuestos, en el resto de los planos de la pareja soy una inexperta y tampoco siento necesidad de mantener una relación seria, estoy bien como estoy.

Sexualmente sí me he podido conocer a mí misma: en realidad, la masturbación es el único modo en el que no siento tener que implicarme con nada ni con nadie. Y, en esta exploración, he descubierto que me excito imaginando escenas en las que me dominan, en las que alguien me ordena. Al principio me bastaba pensar en un hombre que me violaba, luego en hombres que me ataban... Ahora suelo tener fantasías más «sofisticadas». Suelo verme a cuatro patas, con una correa y cumpliendo órdenes, cualquier cosa que me ordenen. A veces puede ser lamer unos zapatos, otras me dejo azotar... Un placer indescriptible es cuando pienso que me escupe, una y otra vez... También me excita mucho pensar en que me pegan en el culo, en que me insultan. Que alguien me manda una cosa u otra... Con todos estos pensamientos tengo orgasmos increíbles.

No he puesto en práctica estas fantasías y dudo mucho que deje a nadie que me someta; ni durante el momento más intenso del sexo podría dejarme llevar, pero en mi soledad es lo que más me estimula.

Otra mujer que siente una «liberación» al deshacerse de su rol vital, ese mando que ostenta en su entorno laboral y que, como cuenta, rige toda su vida. Imaginar que alguien la domina le resta cierto sentimiento de «responsabilidad» y, al ser descargada de ese papel, siente placer. No solo eso, encuentra satisfacción en la humillación, algo muy lejano de lo que permitiría en su día a día. Se convierte en *sumisa*, algo que obviamente no es, y si no que se lo pregunten a sus empleados…

Además, se excita pensando en que es violada, una fantasía muy llamativa que se da con relativa frecuencia. Evidentemente, la mujer no desea que le suceda eso… Lo que la excita es la situación de sexo feroz.

Volviendo a la sumisión, no nos confundamos: el rol sumiso tiene tanto o más poder que el dominante en el juego sexual. Es la persona sumisa la que pone los límites del juego y la persona ama debe acatarlos y moverse únicamente en el margen que le han concedido. Dado que Rebeca utiliza estas fantasías para la masturbación, no ha de establecer reglas con el otro; si fuera así, el juego iría hasta donde ambos consideren y la comunicación sería sustancial para conseguir el placer deseado. Como ya hemos señalado, este tipo de perfiles acostumbran a darse entre mujeres con grandes responsabilidades, como una jefa de sección, por ejemplo. No estaría de más que lo hicieran público, seguro que hay muchos trabajadores dispuestos a dejar que les limpie los zapatos con la lengua.

Thais. Veintinueve años. Empleada de banca
Tengo pareja desde hace años y lo quiero mucho; nuestras relaciones sexuales son buenas y solemos pasarlo bastante bien. Pero siento que, después de tantos años como novios, necesito llevar a cabo fantasías que antes consideraba íntimas y que ahora me apetece hacer. Mi novio es un chico muy bueno y cariñoso, mucho más que yo, la verdad, y siempre me está dando besitos, diciendo cosas bonitas y llamándome con nombres que a veces preferiría que no utilizara en público. «Bichito», «cosita», «princesita», «pirulina» o «cuqui» son solo algunos de los apodos con los que se dirige a mí. Por

supuesto que yo le he dicho en muchas ocasiones que no me gusta que me llame así, pero no lo puede evitar y siempre termina buscando un nombre de esos, generalmente mucho peor que el anterior. Si esto solo sucediera cuando me llama por teléfono, la cosa sería un fastidio en su justa medida, pero poco a poco se ha ido convirtiendo en un problema en la cama.

Cuando me dice cosas como «Bichito, cómo me gustas», me dan ganas de levantarme y ponerme a limpiar el polvo. ¡Se me baja todo! La palabra *bichito* está muy lejos de las palabras que a mí me ponen: *puta, zorra, sucia...* Los términos más salvajes me ponen a cien y, aunque es algo con lo que me pongo cachonda desde hace mucho, no se lo he dicho jamás a mi chico. Para ser sincera, tampoco lo veo diciéndome esas cosas: creo que si él me llamara *puta zorra* en medio de un acostón, inconscientemente le daría un sopapo... Además de que no va con él esa actitud, no creo que me excitara... Por eso, antes de hacerlo partícipe de mi fantasía, prefiero ir por pasos: hoy día me conformo con que deje de llamarme «fresita» cuando me voy a correr.

Las «palabras intensas» son un buen instrumento para la excitación y, como sucede en muchas otras prácticas, bastante más habituales de lo que creemos. El detonante de Thais podría ser el cambio de roles. Por lo que cuenta, su novio es un hombre complaciente y «bueno», algo que se podría traducir en «hombre dócil»... Si el carácter de ella es más fuerte, quizá desee descargarse con la sensación de ser dominada, aunque resulta evidente que su pareja se sorprendería ante tal instinto de sumisión, tan acostumbrado a los «pichipichis» y los «cuchicuchis». Tampoco es fácil cambiar esa imagen del otro: para ella, que su novio le diga «Voy a cogerte, zorra» seguro que sería tan poco natural como ver a Vin Diesel recitando a Pablo Neruda y, por lo tanto, resultaría difícil que llegara a ser una práctica satisfactoria.

Con respecto al tema de las palabras «cuchicuchis», hay que tener en cuenta que se da en infinidad de parejas y, por miedo a desautorizar la forma de demostrar cariño del otro, una se puede pasar media vida con el sobrenombre de «migorda», apodo que si se usa la talla 68 queda poco elegante como demostración de cariño. Si no se comulga con el sobrenombre, es mejor hacérselo saber a la pareja y que demuestre su amor de otro modo; con diamantes, por ejemplo.

Blanca. Cuarenta y nueve años. Comerciante
Todo comenzó una tarde, cuando iba de camino al fisioterapeuta. Caminaba por la acera y, de pronto, un coche de alta gama fue desacelerando la velocidad hasta que se puso a mi altura. Desde dentro, un hombre atractivo, vestido con traje, asomó la cabeza y me preguntó algo que yo no comprendí bien. Seguí caminando, esta vez más rápido, algo me decía que aquel hombre no me preguntaba por una calle. Mientras, varios coches lo increpaban por el tapón que estaba causando.

—¿Eres ama?

Escuché entonces con total nitidez. «Eres ama»… Me debí de quedar con tal cara de idiota que el hombre se tuvo que explicar:

—Lo digo por tus sandalias… Dime, ¿eres ama?

Las miré sin comprender, le dije algo así como que me dejara en paz y caminé apresuradamente hasta llegar a la consulta sin que dejara de seguirme con aquella cola que estaba formando en medio de la carretera. «Mis sandalias…» En la sala de espera me fijé en ellas, ¿qué tenían de especial para llamar tanto la atención de aquel hombre?… Eran de una nueva colección que me había llegado a la tienda: muy abiertas, negras, de cuero, con tiras que rodeaban el tobillo y unos detalles en tachuelas en la parte de los dedos. Para

mí, aquel diseño no significaba nada, una simple tendencia vera-
niega que me había gustado, pero entonces me di cuenta de que
para aquel hombre, podía ser un señuelo. No le di más importancia, hasta que abandoné la consulta. El hombre me esperaba fuera
fumando un cigarro. Me asaltó el miedo y le pregunté qué quería.

—Ser tu esclavo —me respondió—. Haré lo que me pidas, me
someteré a ti totalmente. ¿Quieres ser mi ama?

Un loco. Eso es lo que me pareció. Le pedí que no me siguiera,
que yo no sabía nada de ese mundillo y que tampoco quería saber,
que desapareciera. Muy educadamente me pidió disculpas y se ale-
jó con su coche. Era un hombre muy atractivo y educado, parecía
fuerte y por el traje no creo que se dedicara a despiezar coches. Era
todo tan extraño que durante varios días no me lo quité de la cabeza. ¿Por qué me dijo aquello, solo por las sandalias? ¿A tal excitación
había llegado solo por un calzado? Nunca me las volví a poner.

Semanas después, volví al fisioterapeuta y, al llegar, la recepcionista me sorprendió entregándome una carta que alguien había dejado para mí. Era el misterioso señor de las sandalias. Al leerla y
percatarme de que era él, a punto estuve de tirarla a la papelera. No
lo hice. En la carta me explicaba el porqué de su reacción y me daba
su teléfono para que me pusiera en contacto con él, quería que
habláramos. Aquello era inaudito. No me deshice de la carta. Me
mataba la curiosidad, el saber por qué ese hombre se había fijado en
mí y más en esos términos. Pasados unos días, me decidí a telefo-
nearle y quedar.

La cita fue en un restaurante francés de colores azules y luz es-
cueta. Le reconocí nada más verlo. Era un hombre guapo con un
cuerpo fibroso y muy bien vestido. A simple vista era el hombre
ideal para cualquier mujer, y yo no era precisamente perfecta, ¿por
qué se había fijado en una pobretona como yo? Tras unos minutos
de charla, centré la conversación en lo que nos había llevado hasta
allí, en el insólito encuentro que teníamos.

Me explicó que era un hombre casado al que no le iba muy bien el matrimonio, que trabajaba como productor ejecutivo de una empresa de comunicación y que su vida era un continuo ir y venir por el mundo. Que desde hacía unos años practicaba la sumisión y que yo le interesaba como ama. Me explicó que no solo fueron las sandalias, que mi forma de hablarle le atrajo mucho y que yo le parecía una mujer muy guapa. Me sorprendieron esas palabras, yo nunca me consideré «guapa»... Le gustaba que le pegaran, que lo ataran, que lo insultaran y hacer todo lo que su ama ordenara. TODO, en cualquier momento del día y a cualquier hora. Me quedé sin habla ante aquel hombre tan ideal al que solo lo ponía cachondo que le dieran patadas en los huevos.

Por supuesto, me negué a aceptar su propuesta y cortésmente me despedí. He de decir que durante bastante tiempo tuve tentaciones de llamarle por teléfono y probar, me consumía la idea de perder de vista a un hombre tan maravilloso cuya única rareza era que le gustaba que le ordenaran. Pero yo sabía que su petición iba más allá de mandarlo a sacar la basura: lo que él quería era algo prohibido para mí. Al menos en la práctica, por mi educación, por lo que fuera, no lo podía admitir, no me podía abandonar a ese juego, porque temía que me gustara demasiado. Por supuesto, imaginé muchas veces cómo podía haber sido y he de reconocer que la sensación de poder, de control y de tener a aquel pedazo de hombre sometido habría hecho de mí una verdadera ama. No fueron pocas las ocasiones en las que me excité pensando en atarle, ponerme sobre él y obligarlo a que me hiciera lo que yo deseaba, con la boca, con el pene... Pero no, no podía ser. Para alejarme de la tentación, borré su número de mi celular, eran demasiados los impulsos que sentía. Aún hoy me ronda la pregunta... ¿Cómo habría resultado aquella extraña relación si yo hubiera olvidado mis miedos?... Nunca lo sabré.

Exacto, siempre quedará la duda. Por eso, lo que podría haber sido una apasionante relación (o no) se ha quedado en una fantasía. Por educación, miedos, Blanca se negó a participar en el juego del otro, pero eso no quiere decir que en el fondo no le atrajera la idea; de hecho, asegura haberse excitado con la sensación de poder sobre él.

Fantasear con ser ama puede satisfacer diversos deseos: el deseo de total control de la situación sexual, tener a alguien plenamente a tus pies para satisfacer lo que quieres, la necesidad o capricho de tener poder sobre alguien. Si para el productor ejecutivo las sandalias, el carácter y el físico de Blanca resultaron atractivos, para ella sucede algo parecido y lo que la provoca es el «tener a aquel pedazo de hombre sometido», algo que suele ser objeto de estimulación para muchas mujeres. Sí, un hombre inalcanzable que es dominado es un gran potenciador. Y, para algunas, si lleva un coche de cien mil euros, mucho más.

29

BONDAGE

Pato. Treinta y dos años. Podóloga

Me excito al imaginarme atada con una cuerda fuertemente. La sensación de inmovilidad, de que el otro es el que maneja la situación, es algo que me resulta muy placentero.

Hace años tuve un lío con un tipo al que conocí en un congreso: unas copas, un «sube a mi habitación» y un «te voy a atar las manos» convirtieron lo que era un acostón de una noche en una de las experiencias más importantes de mi vida. Simplemente me ató las manos a la espalda con una mascada, no se trató de una puesta en escena espectacular con correajes de cuero ni nada por el estilo. Pero aquel sencillo juego cambió la forma de excitarme. A partir de entonces, cuando tengo una relación más o menos estable, acostumbro a proponer este juego, que por lo general es recibido con éxito: mi placer al ser inmovilizada suele aumentar la excitación del otro en la mayoría de los casos.

Por supuesto, la forma de llevarlo a cabo ha ido evolucionando y de una mascada pasé a una correa y de una correa a unas esposas... Pero no me atrevo a más. Eso no significa que mi mente no continúe fabricando escenas absolutamente salvajes: en mi interior, pienso en lo placentero que sería que me ataran todo el cuerpo, que mis manos estuvieran atadas a los tobillos, que una cuerda tensara mis pechos hasta casi hacerlos estallar, que me ataran a un poste y me dejaran allí horas… Y eso me provoca una gran excitación.

Aunque en mis relaciones intento ir cada vez un poco más allá, soy consciente de que proponer a mis parejas algo tan inusual como el *bondage* extremo es arriesgado, temo que no lo acepten de buen grado y me tomen por loca, por eso no he contado mi fantasía. A veces pienso en buscar a través de Internet a personas que tengan las mismas apetencias, pero, a pesar de pertenecer yo a ese grupo, tengo mis prejuicios contra quien lo puede practicar y me da reparo lo que me pueda encontrar… Y si yo misma, que me excito con esas prácticas, me censuro, ¿cómo no lo van a hacer mis parejas? ¿Qué tipo de persona practica esos juegos?…

Efectivamente, si hasta ella misma tiene prejuicios sobre lo que le gusta, es muy probable que jamás cumpla su deseo. La pregunta es: de llevarlo a cabo, ¿obtendrá la satisfacción que imagina? En la duda, en el no ejecutarlo también reside la intensidad de su placer. Ya hemos hablado de la seducción que encierran las fantasías no cumplidas: son algo íntimo, propio e intransferible. Pero, si lo que Pato desea es ejecutarla, entonces deberá guardar precaución y hacerlo con alguien con quien tenga un alto grado de intimidad y conocimiento.

Por otro lado, resulta evidente que a la protagonista de esta historia le atrae el sometimiento, en este caso a través de la práctica del *bondage*. El *bondage* trata de las prácticas eróticas que privan al individuo del movimiento a través de ataduras con cuerdas, cinta, cadenas, correajes… Pero el placer no solo reside en el hecho de estar dominado, atado, desprotegido, ni de las descargas de adrenalina que provoca en algunas personas, sino también en el contacto de dichas ataduras con la piel.

En Japón existe una práctica erótica realizada con cuerdas llamada *shibari*, pero que, a diferencia del *bondage,* no exige que la persona atada esté totalmente inmovilizada. En el *shibari*, la estética es muy importante y los nudos que se efectúan son verdaderas obras de arte cuyo proceso puede durar horas.

Actualmente, el *bondage* está muy de moda entre los juegos eróticos, pero, como ya hemos comprobado por el relato de Pato, existen muchas intensidades diferentes: que tu novio te ate con un pañuelo de seda negro no es lo mismo que amarrar a alguien a una silla y dejarlo plantado durante doce horas en un barranco. Estos son algunos de sus sofisticados estilos:

- **Spread eagle:** en el *bondage,* este término habla de la postura en la que la persona sometida está atada a una estructura en la que permanece con las extremidades totalmente extendidas y muy abiertas.
- **Autobondage (Selfbondage):** las ataduras que se hace uno mismo para experimentar placer. En este caso hay que tomar muchas precauciones y saber realizar correctamente las ataduras, si se hacen de forma inconveniente, la persona no podrá desatarse.
- **Hogtied:** atadura en la que los brazos van atados a la espalda y a su vez a los tobillos. La movilidad al practicar este ejercicio es prácticamente nula.

Si se desea practicar el *bondage*, es recomendable ir despacio y, como en todas estas prácticas, elegir bien con quién jugamos. Para la iniciación, es preferible comenzar con un nivel suave de intensidad, nunca olvidemos que tratamos de técnicas que podrían resultar peligrosas. Antes de comenzar a jugar, no está de más aplicarse una crema hidratante por el cuerpo, puesto que lo que se utiliza como elemento inmovilizador (cuerdas, correas, medias…) hará presión sobre nuestra piel; de este modo evitaremos posibles rozaduras. En los preparativos del escenario también es apropiado colocar a mano unas tijeras, como precaución. En caso de complicaciones, serán las encargadas de salvar la situación.

Con respecto a las zonas atadas, es conveniente no presionar cuello ni articulaciones: la asfixia es uno de los mayores riesgos de esta práctica, así como la alteración de la circulación sanguínea debido a la presión de las ataduras. Otra pauta que conviene tener en cuenta es el control de la duración de la praxis: extralimitarse podría resultar un problema, así como dejar sola a la persona atada; cualquier imprevisto puede convertir una velada de placer en un desagradable episodio.

Aunque no tenga nada que ver en la forma, existe otra variedad del sometimiento que también se acerca al fetiche y que sí podría asimilarse con el concepto de la inmovilidad. Hablamos del «fetichismo de yeso». A pesar de su nombre, se acercaría más al BDSM dado el carácter que implica: la visión de una persona enyesada genera respuesta sexual, y esto nace del placer que se siente al sentirse inmovilizado o inmovilizar al otro y someterlo a su dominio, algo muy parecido al *bondage*.

Por supuesto, en estas prácticas existen posturas para todos los gustos, depende de la imaginación y las ganas de hacer nudos o colocar yesos que tengan los jugadores. No podemos olvidar que la mayoría de las mujeres preferimos ir de rebajas a que nos aten como a un cuete mechado de ternera.

Tercera parte

EL CLÍMAX

30

VERBALIZAR EL DESEO

Ya hemos encontrado el *punto* que buscábamos. Primero halla-mos qué despierta nuestro deseo, después la respuesta sexual y ahora llega el momento de dar el paso más difícil: verbalizarlo, e incluso llevarlo a cabo. Generalmente, cuando se plantea un de-seo existe un propósito de cumplirlo, es de eso de lo que trata-remos.

Hay mujeres que consideran que sus fantasías son inconfesa-bles, difíciles de entender y que pertenecen al ámbito de lo pri-vado. En otros casos, se decide no hacerlo porque temen que al verbalizar su deseo, este desaparezca, algo muy probable bien por repetición o bien por la diferencia existente entre lo imaginado y lo real: fantasear con forzar a tu jefe con un dildo de 55 cen-tímetros no es lo mismo que ejecutarlo, cabría la posibilidad de un fulminante despido.

Pero, en muchas ocasiones, el verdadero clímax llega cuando se han podido verbalizar los deseos, las fantasías. Transmitir lo que realmente excita. Para esas mujeres, este es el verdadero apogeo. El comienzo de una nueva etapa en su vida sexual. Entonces, ¿qué nos impide hacerlo? Puede deberse al pudor, al temor a ser juzgadas por el contenido de dichas fantasías. Ya se sabe: «Si los demás fueran conscientes de lo que me pone, ¿qué pensarían de mí?».

Gracias a esta «nueva liberación», muchas de esas mujeres que hasta hace un tiempo consideraban una demencia verbalizar sus fantasías se sienten más seguras para ejecutarlas; son capaces de poner en práctica aquello con lo que han soñado durante años, quizá décadas. Han decidido dar el paso y olvidar prejuicios.

Por supuesto, a la hora de hacerlo, debemos tener en cuenta muchos factores: la persona con la que deseamos compartir nuestra fantasía; si estamos seguras; si una vez llevada a cabo tememos que desaparecerá; si cumplirla puede «contaminar» la relación... De sospechar que llevarlo a cabo nos afectará negativamente, es recomendable seguir madurando la decisión. Mientras tanto, hay que continuar disfrutando de nuestra propia intimidad, algo también muy satisfactorio.

Otra cosa muy distinta es que poner en práctica lo imaginado se considere necesario para que nuestra vida sexual mejore; entonces sí se podría intentar, pero siempre con la seguridad de que no resultará nocivo. Muchas personas se atreven a cumplir fantasías como el intercambio de parejas o la práctica de un trío para estimular su vida sexual. Sin embargo, en algunas ocasiones, muy lejos de enriquecerla, crea un abismo difícil de solventar. Para hacer realidad estos deseos, tenemos que estar muy seguros de la solidez de la relación, porque cualquier arista puede resultar letal y, muy lejos de mejorar, empeora.

Cada fantasía es un mundo y nosotras hemos de saber dónde se encuentran los límites. Abrirse la gabardina para enseñar los pechos desnudos a jóvenes universitarios puede acarrear ciertos comentarios, sobre todo si eres la profesora de religión.

En resumen, para evitar decepciones, episodios desagradables y frustraciones innecesarias, sería recomendable seguir estos pasos:

- **Análisis de la fantasía:** estudiamos la fantasía que nos excita y si tenemos el pleno convencimiento de cumplirla. Contestemos esa pregunta.
- **Su significado:** ¿qué significa para nosotras llevarla a cabo? ¿Qué nos va a aportar? Quizá en la pasión por ejecutarla se pierde una fuente de inspiración importante en nuestra sexualidad íntima. O quizá no y hacerlo supone un aumento del placer. Calculemos las consecuencias que puede tener en nuestra propia intimidad.
- **Reacciones externas:** a la hora de verbalizar y cumplir una fantasía no podemos olvidarnos de la reacción externa. Si lo imaginado tiene que ver con masturbarse en un pasillo del Leroy Merlin, hemos de tener en cuenta la reacción del entorno si fuéramos descubiertas. En el caso de resultar excitante el lamer los pies de tu pareja después de untarlos con salsa de barbacoa, habrá que contar con su beneplácito, por eso es recomendable conocer la personalidad de dicha pareja y si su reacción será satisfactoria o tomará un vuelo a Islandia para no volver jamás.

Estas pautas podrían ayudarnos a tomar decisiones, pero hay quien no desea cumplir su idea, les basta con contarla.

31

SEXO SIN COMPLEJOS

Ya hemos hablado de que el temor de muchas mujeres a la hora de plantear su deseo radica en complejos que les impiden liberarse, dejarse llevar para encontrar su *punto*. Estos bloqueos pueden ser físicos, educacionales, religiosos…

Aunque resulte inaudito, aún hay mujeres que mantienen sexo en la oscuridad por miedo a mostrar llantitas o un cuerpo huesudo; las que temen en penumbra que su pareja descubra su piel de naranja… Estas mujeres han sometido su deseo, su sexualidad, su libertad a unos complejos que probablemente vengan desde la niñez. Desde muy jóvenes, nos inculcan cuál es el prototipo de mujer perfecta, por lo general muy lejos de la mayoría de las mortales. Los juguetes, la televisión, incluso muchos dibujos infantiles son patrones sexualizados en exceso que marcan una imagen de lo bello, algo que luego repercutirá en muchas mujeres. Ya en la adolescencia, y por supuesto en la edad adulta, se sigue proponiendo ese mismo modelo, continuando la potenciación de muchos complejos. Desde luego, si realmente dichos complejos resultan un problema serio de conducta más allá del simple pudor, es recomendable ponerlo en manos de un especialista. Todo es poco para poder ser libres.

Pero volviendo al prototipo, hemos de intentar borrar de nuestra mente dicho referente; si nos repercute en nuestra vida, eliminarlo. En cada sociedad y en cada época los cánones de belleza varían. En Nigeria envían a las futuras novias a centros para engordar; en los años cincuenta triunfaban las curvas; todo lo contrario que en los años veinte, donde una mujer con grandes pechos resultaba vulgar; en los sesenta, la moda consiguió hacer de Twiggy un icono de 42 kilos… Y así hasta retroceder al paleolítico donde nos encontrarnos con la Venus de Willendorf y su exuberante corpulencia, nada que ver con el arquetipo actual. A lo largo del tiempo, de las sociedades y de las modas se ha sucedido un abanico de paradigmas que vienen y van dependiendo de las corrientes.

Un ejemplo muy gráfico: si viajáramos al pasado y se informara a una mujer del siglo XVI de la existencia de unos tubos que se clavan en la piel y succionan la grasa por litros, probablemente sufriría un desmayo al imaginarse la escena. Del mismo modo que resultaría difícil de explicar a cualquier dama del pleistoceno que, a través de los pezones, te pueden meter unas cosas de silicona para tener las tetas como Dolly Parton. Seguro que le interesa más aprender a despiezar un mastodonte con una piedra tallada que tener unos pechos de escándalo.

Las costumbres cambian al mismo ritmo que lo hacen los complejos. Si tener celulitis fuera tendencia, muchas mujeres perderían el miedo a practicar sexo con la luz encendida y habría clínicas especializadas en inyectar grasa en las cartucheras. Y es que estas cargas frenan nuestra felicidad. Imaginemos que andamos por la vida con tres bolsas del súper en cada mano repletas de papas, sería muy incómodo, sobre todo a la hora de hacer un 69. Por ello debemos ir deshaciéndonos, poco a poco, de cada una de esas bolsas. Primero una, después la otra, más tarde otra y así hasta que en nuestras manos no exista ningún peso que nos impida avanzar, ningún lastre que nos obstaculice el cumplir los deseos.

Para ayudarnos en esta empresa, propongo unos ejercicios prácticos que quizá puedan sernos de utilidad en el camino hacia el éxito.

- **El banco:** sentémonos en un banco en cualquier lugar concurrido y observemos a nuestro alrededor. ¿Cuántas mujeres de las que pasan son como Scarlett Johannson? ¿Y como Irina Shayk o Gisele Bündchen? Es posible que milagrosamente aparezca una mujer de características similares, pero existen las mismas probabilidades de que pase el príncipe de Asturias comiendo una paleta. A no ser que trabajes en la delegación de Miss Universo, no es muy frecuente. La realidad es que estamos rodeadas de mujeres normales, de esas a las que ahora se ha dado en llamar «mujeres reales». Delgadas, altas, corpulentas, planas, bajas, guapas, feas... El mundo real se compone de unos perfiles que, en la actualidad, gracias a las campañas de muchas revistas y firmas de moda, empiezan a ser considerados como algo bello, valioso. Además, tengamos presente que la belleza es muy relativa y en el ámbito de lo sexual, mucho más. ¿Acaso no hemos hablado de mujeres que se excitan viendo a un hombre cubierto de pelo? Sin embargo hay muchas para las que ese particular no resulta atractivo. Lo dicho: la belleza y el atractivo son relativos.

- **El espejo:** muchas mujeres se niegan a observarse, a mirar su cuerpo desnudo, y es recomendable acabar con ese error. Primero, despejemos la mente de ideas negativas escogiendo nuestra mejor sonrisa. Después, desnudas ante el espejo observemos nuestro cuerpo, él es nuestro mayor tesoro. Sin él, nada de lo demás sería posible: pensamientos, emociones... ¿No es paradójico despreciar la mayor fortuna que tenemos?

Es nuestro hogar, el traje que nos acompañará durante la vida. Entonces, observémonos exhaustivamente, siempre con positividad y sin abandonar esa sonrisa que actúa como antorcha, que ilumina esa imagen que tenemos frente a nosotras. Si nuestras piernas nos resultan demasiado arqueadas, pensemos: «Pero tengo unos bonitos muslos»… Si creemos que nuestro trasero es demasiado grande, nos diremos: «Sí, pero es muy *sexy*»… De ese modo, contemplemos nuestros brazos, pechos, rostro…, todo nuestro cuerpo.

A veces, se crean mitos alrededor de los temores y eso nos impide enfrentarnos a ellos. «Es mejor no mirar, es mejor no saber, es mejor instalarnos en la ignorancia…» No. Debemos reconciliarnos, comunicarnos con nuestro cuerpo y contemplarlo como algo bello que puede ser un preciso instrumento para el placer.

- **El interrogante:** «¿Hago lo suficiente para deshacerme de esos lastres?». Quizá no. Es frecuente que la monotonía, el hastío o la frustración nos hagan entrar en una espiral de abandono físico y mental. Muy lejos de resultar algo superfluo, el cuidar los detalles, el hacer de cada día algo único, el arreglarse acentuando aquello que nos gusta de nuestro cuerpo, nos aporta seguridad para enfrentarnos a los miedos. Y, si estos miedos son demasiado preocupantes, basta de encubrirlos, pongámonos manos a la obra para intentar solucionarlos con la ayuda necesaria. Adelante.

- **La agenda:** en una agenda, cada día nos plantearemos un nuevo reto para conseguir avanzar en el intento de abolir los complejos. Al ritmo que cada mujer considere, habrá que ir cumpliendo metas: «Hoy lo haré sin brasier», «Hoy me dejaré acariciar», «Hoy me desnudaré con la luz encendida»… Y así, día tras día, intentaremos eliminar aquello que nos impide disfrutar.

- **El otro:** no cabe duda de que la participación del otro es importante. Si a una serie de temores se les suma una pareja inapropiada, el resultado es matemático: cero placer. Por suerte, existen hombres comprensivos y con disposición para aislar esos complejos. Su apoyo es clave para superar problemas, pero no olvidemos que la solución está en nosotras. En cualquier caso, seamos serias: un hombre que te deja de llamar porque tienes estrías es el campeón olímpico de los imbéciles. Mejor que siga coleccionando Serum Antiojeras.
- **El divorcio express:** esta técnica es infalible para deshacernos de esa pareja que no respeta nuestro cuerpo, nuestro yo más íntimo y que nos hace sentir inferiores potenciando nuestros complejos. *Ciao*.

Otro factor muy poderoso que coarta la libertad de la mujer es el sentir que va a ser considerada una «viciosa». Pero no solo en las relaciones, incluso en una reunión de amigos o en una comida de mujeres. Tratar el sexo con naturalidad, comportarse sexualmente de modo desinhibido, han sido motivos para temer una etiqueta. Sobra decir que la sociedad tiene una doble moral a la hora de tratar la sexualidad femenina y masculina; desgraciadamente, aún no se ven igual los comportamientos sexuales en una mujer que en un hombre. También tendremos que hacer desaparecer ese complejo y, con educación y respeto, tratar el sexo como algo natural, un don maravilloso que nos pertenece y que es el mejor instrumento para lograr el placer. El sexo no es algo sucio, no lo olvidemos.

Y además de los mencionados bloqueos existen muchos otros: educación represiva, prejuicios, tabúes, miedo a perder el control... Intentemos trabajar sobre ellos, conocerlos a fondo, buscar soluciones y lograr que desaparezcan, de eso depende mejorar nuestra vida sexual.

32

EL PAPEL DE ELLOS

La nueva ola de literatura erótica ha logrado que muchos esposos se queden literalmente paralizados ante las propuestas de su *liberada* mujer. Tras unas cuantas páginas de un libro, la señora del «Cariño, no seas flojo y vete a sacar al perro» se ha convertido en la de «Átame con la correa del perro que quiero que seas mi amo». Ante estas expectativas, la alegría se ha disparado en infinidad de hogares de todo el mundo que ven reactivada la vida íntima de pareja. Efectivamente, libros como el de E. L. James han servido para recuperar libidos que ni el mejor arqueólogo hubiera sido capaz de encontrar. Pero ¿de verdad hace falta una novela con millonarios problemáticos y potros de tortura para revitalizar la vida sexual de una mujer? Obviamente no, existen muchas mujeres (y hombres) que solo leen las instrucciones del tinte, y que sí ocultan deseos no compartidos. A este grupo nos referiremos. ¿Cómo descubrir esas fantasías de la mujer? Imaginemos unas pautas que, aunque sean unos consejos dirigidos al hombre, ellas también deberían considerar:

- **¿Es necesario?:** ¿es realmente necesario para nuestra relación sexual el saber de las fantasías del otro? ¿Y llevarlas a la práctica? Antes de intentar descubrir las fantasías de ella, tengamos presente lo que puede significar para la relación, incluso la repercusión que ocasionaría en la visión que tenemos del otro. En el apartado «Verbalizar el deseo» ya hacíamos referencia a este particular. Imaginemos que la característica de ella que ha seducido al hombre es su aire angelical, ese «no sé qué» melancólico y virginal... Bien. Si esa mujer confiesa que su fantasía es violar con un arnés a todos los asistentes a una final de la Champions, la idea que teníamos de esa persona podría cambiar. Lo mismo ocurrirá si una mujer subyugada por la masculinidad de su marido descubre que la fantasía de este es ponerse un *strapless* con lentejuelas y hacerse llamar Mentxu. Quizá estas fantasías solo supongan un juego divertido y excitante, pero podrían resultar una brecha difícil de superar, sobre todo después de veintidós años de matrimonio... Si tenemos la mínima duda de que compartirlas puede repercutir negativamente en la relación, habría que valorar su puesta en común de forma consecuente.

- **Preguntar:** ya lo hemos valorado y consideramos que el planteamiento de una fantasía puede mejorar las relaciones. Preguntemos entonces a nuestra pareja por sus íntimos deseos. Pero ¿cómo hacerlo? En primer lugar, el momento es esencial, de formular la pregunta en el instante idóneo depende parte del éxito. No olvidemos que muchas de las parejas que intentan dar nueva luz a su sexualidad llevan muchos años de relación, por ello no resulta extraño que, si un hombre plantea un juego o una pregunta en un momento inapropiado, se saquen falsas conclusiones, entre las que se incluye esa horrible palabra llamada «pitopausia». Del mismo modo que no es agradable utilizar de forma peyorativa la pregunta «¿Qué te pasa hoy, estás con la regla?» para referirse a una actitud determinada, tampoco lo es la frase «Claro, está pitopáusico y me pide cosas raras» para justificar cualquier conducta en un caballero.

Por supuesto, la mayoría de los hombres poco tienen que ver con esos protagonistas de novela que han despertado la excitación en algunas féminas y a cuyo *sex appeal* se someten sin objeciones, por eso debemos ser cautos a la hora de llegar al fondo de la cuestión. Observemos el escenario, la situación y el instante precisos.

- **El lugar:** a ciertas alturas de la relación, las cenas íntimas, los paseos, los viajes… han pasado a mejor vida. Los niños, el trabajo, el hastío e incluso los nietos han hecho desaparecer poco a poco la magia de aquellas citas en la intimidad donde la pareja se reencontraba. Cierto es que muchas de esas parejas dejaron esas costumbres porque ya nada tenían que decirse. Error. Siempre hay algo que decir, es indispensable la comunicación, por eso hemos de recuperar esos momentos de intimidad. Por supuesto, no tienen por qué ser una cena en un restaurante de 400 euros el cubierto ni un crucero por el Caribe; basta con recuperar los instantes de confianza propicios para cada pareja.

  Pero, si existe un lugar donde se puede hablar de temas de esta índole, ese es la cama. Cada uno sabemos cómo hacer reaccionar a la otra persona, o por lo menos lo recordamos vagamente de las épocas de bonanza sexual. Recuperemos entonces ese ambiente y, de nuevo, hablemos.

  Antes de dar el paso, habría que envolver a la mujer en una atmósfera especial. Meterse en la cama y preguntar de sopetón: «Oye, ¿tú tienes alguna fantasía sucia?» no sería lo más indicado. Con las armas que cada uno conserve, hay que crear la situación y después, cuando el ambiente nos sea favorable, en lugar de interrogar, interesarse por el otro, por sus deseos. No es un camino fácil, quizá nos lleve tiempo, pero los resultados pueden ser muy eficaces.

- **Escuchar:** si el otro pone de su parte toda la artillería y no se le escucha, todo será en vano. De nuevo, comunicación. Los dos miembros de la pareja han de escuchar al otro. No solo las palabras de su pareja, sino los movimientos, sus actuaciones, su actitud vital. En realidad, todo se basa en la comunicación entre ambos y en la complicidad que esto crea. Existen mujeres que hace décadas que no reciben por sorpresa un ramo de flores, o una caricia, o a un marido preparando una barbacoa... Y hay hombres que no recuerdan la última vez que su mujer los abrazó para dormir... Todo son señales: escuchemos. Cada vez que escuchamos al otro, le hacemos sentirse único y, en consecuencia, más receptivo. Si esto lo trasladamos a las relaciones sexuales, ocurre lo mismo: hay mujeres que no pueden acordarse de lo que es un orgasmo, y hombres cuya fantasía más obscena es hacerlo en una posición distinta al misionero. Son muchos los factores que llevan a esta situación, ahora toca escuchar para ir recomponiendo las piezas de nuevo.

- **La naturalidad:** pero no todas las parejas han caído en la apatía: gracias a factores como una comunicación fluida, el tiempo no ha hecho mella en sus relaciones y aún mantienen la llama de la pasión encendida, aunque la intensidad sea distinta. En estos casos resulta mucho más natural el plantear nuevos juegos, compartir intimidades. Y es en este grupo donde la literatura erótica ha dado una nueva perspectiva con absoluta espontaneidad. El libro que comenzó ella luego lo leyó él y así, en la complicidad de compartir una historia, se ha construido la pista de despegue de nuevas fantasías para ambos. Aunque hemos de decir que muchos hombres, al leer ciertas novelas, se han excitado más con las marcas de los coches del protagonista que con las escenas eróticas...

Debemos conocer el terreno por donde nos movemos, la situación de nuestra relación, la idiosincrasia del otro... Todos esos factores son fundamentales para saber cómo actuar en el intento de mejorar la vida de pareja y de llegar a la complicidad suficiente para que la mujer comparta las fantasías que ocupan su mente. Este será el primer camino para alcanzar las fantasías de ambos y una vida sexual plena.

EPÍLOGO

Poco a poco, las mujeres estamos logrando llegar a mundos que hace años parecían inexpugnables. Y, aunque la batalla no esté ganada y quede mucho camino por recorrer, paso a paso nos estamos conociendo a nosotras mismas sin miedo a sonrojarnos. Sin embargo, lo hemos comprobado, aún existen mujeres que no hablan de sexo por miedo a parecer inmorales; mujeres que se esconden detrás de un disfraz y sufren toda su vida la frustración y la apatía; que desconocen el placer. Contra esa tragedia hay que tomar medidas.

En muchas de las historias que aparecen en este libro, hay quienes por miedo o prejuicios deciden no cumplir sus deseos. Es posible que existan casos en los que conviene que las fantasías sigan siendo solo eso: fantasías; pero en otros, de no cumplirse, quedarán como aquello que pudo ser y no fue, otra frustración más.

No tengamos miedo a que pueda resultar algo demasiado inusual, la fantasía no es patológica; la patología radica en las carencias y bloqueos que puedan existir en la vida real y en los problemas que esto acarrea. La fantasía puede ser fruto de muchos sufrimientos y lo patológico serán esos conflictos, pero no el contenido de la fantasía en sí. Ahí la fantasía es síntoma de algo más, pero esa misma fantasía, ese mismo contenido, lo puede desarrollar una mujer sana, feliz y equilibrada; en ella no será un problema.

Hemos hablado de una especie de «nueva liberación» en la que la literatura ha tenido mucho que ver... Pero cualquier instrumento es bueno para seguir avanzando. Afrontemos quiénes somos, lo que queremos y, sobre todo, lo que NO queremos. Atrevámonos a contar aquello que deseamos, para que el otro pueda conocernos mejor: eso es lo que realmente nos hará encontrar el *punto* que nos hará libres.

AGRADECIMIENTOS

Gracias a todas aquellas mujeres cuyos testimonios han inspirado los relatos publicados, a las que han narrado sus fantasías y experiencias. Gracias también a la doctora Arantza Álvarez Mateos y a su Gabinete de sexología y pareja por la colaboración prestada en la elaboración de esta obra. A las seguidoras de mi blog *www.clubmujeresreales.blogspot.com* por su fidelidad, ánimo y ayuda en esta empresa. A Giorgio, por su apoyo incondicional. Y, sobre todo, a aquellas mujeres que aún no tienen el valor para superar tabúes y poder verbalizar su deseo, ellas me han dado la fuerza necesaria para escribir este libro.